青年主夫具雲夢

作者 ✦ 姜宣羽
翻譯 ✦ 施孝臻

我敢說，
尋得一根稻草或一團毛絮，
緊抓、緊咬著將它拉長，
那就是青春的使命。

目次

第一章

青春的使命

戴著黑色太陽眼鏡在副駕駛座打瞌睡的載英，用手背擦拭流到下巴的口水，抬起頭來。

「廣播調小聲一點。」

「妳沒有手嗎？」

正在開車的江瑞瞥了載英一眼。

載英抱著一個光彩奪目的粉紅珠寶盒。按照原本的計畫，抱著珠寶盒的應該要是瑛禹，用她那宛如蕨類幼葉的小手轉動鑰匙，打開粉紅色抽屜，看到隨機出現的玩具珠寶，開心地拍手才對。江瑞也本該朝邊喊著：「媽媽最棒了！」邊豎起大拇指的女兒漾起燦爛的微笑，而不是像現在斜眼看著載英。

雖然看不見江瑞，但載英仍然察覺到她聲音裡透出的寒意。

「幫我跟瑛禹說對不起。」

載英用蚊子叫的音量說道，接著摸索音量鍵的位置，按了下去。

載英那對受到黑色太陽眼鏡和眼皮雙重防護的水晶體已經失去了彈性。水晶體本該扮演的角色是發揮高度彈性調節自身厚度，看近時變厚，看遠時變薄，根據物體的距離準確對焦。但是她的水晶體喪失了彈性，無法順利執行任務，三十幾歲就接受老花雷射手術，確實過早，令人好不唏噓。

她們倆的友情並沒有薄弱到不能體諒朋友眼睛老化的苦衷，而是載英的善變導致江瑞如此敏感。載英一下子說可以自己搭計程車回去，要她去接女兒；轉眼又說下雨天攔不到計程車，要她來眼科前面接送；隨後又改口塞車不用來了；最後說塞車的話計程車費會很貴，還是把她傳喚了過來。載英的反反覆覆讓江瑞覺得很浪費時間。

六歲的瑛禹擁有超齡的耐心，相形之下，載英缺乏耐心的程度簡直對不起三十五歲這個年紀。因此江瑞只有一個選擇，那就是先接載英再去找瑛禹。

右轉幾次之後，江瑞終於抵達眼科診所的建築物前方。載英打開車門邊說，要把省下的計程車費拿去買玩具給瑛禹。載英一向認為把錢花在小孩的衣服和玩具上是世上最沒意義的事，從她嘴裡說出這種話代表她自己也覺得很不好意思。

下著雨的週五晚上。

道路壅塞的情況超乎想像，她們已經被困在New Town十字路口四十分鐘了，江瑞撥了通電話給瑛禹。她實在很不想劈頭就說「媽媽對不起妳」，響了幾次回鈴音後，手機那頭傳來正心的聲音。

「瑛禹呢？」

「早就睡了。」

「為什麼？該不會是哪裡不舒服吧？」

「今天不是去博物館校外教學嗎，應該是太累了吧。妳今天可以不用來。」

「那好吧，知道了。我週末再去。」

鬆了口氣的江瑞簡短寒暄幾句後掛掉電話，這時車子也剛好擺脫壅塞的十字路口，開始加速。遠遠看到黃燈一明一滅，江瑞急踩煞車。

嘎咿——！

原本踩在油門上的右腳瞬間移動到煞車踏板上，但還是晚了一步。

一名男子被拋到半空中，然後摔落至與車子有一段距離的地方，整個過程鮮明地印在江瑞的瞳孔上。

✦ ✦ ✦

雲夢的鼻子正在抽動，但是沒半個人注意到。急診室裡人們東奔西走，此起彼落的「嗶嗶」機械音混雜著腳步聲，形成一片混亂，逐漸喚醒了雲夢的意識。然而令他瞬間打起精神的，是隱隱撲鼻而來的玫瑰香氣。那是從江瑞的手拿包裡散發出來的玫瑰麝香，雲夢十分確信這是天堂的香氣。

雲夢這三十年的人生極度艱苦，又乾又柴。

在這不長又不短的歲月裡，他經歷了無數試煉。即便如此，卻從未造成他人生活上的困擾或是犯下什麼違背善良風俗的事；雖未能對這個國家和社會做出什麼貢獻，倒也不曾帶來損害。他回顧自己一生的所作所為，自認活得善良，有信心能跨過天堂的門檻。

他心想，基於這輩子差強人意的經濟條件、英年早逝的悲痛，而且終究沒能實現自己想做的事，下輩子應該能保證擁有財富、健康和好運。不管怎麼樣，在前往來世之前，自己現在鐵定身處天堂。

他在腦海裡勾勒人生的最後一刻。狹窄的病房、巴掌大的窗戶、包裹著白布的病床、木頭椅子，還有身著病人服，一邊散發不尋常的光輝，一邊進行獨白的自己。

雲夢雙手抱頭，用全身將痛苦表達得淋漓盡致，然後走到舞台正中央對著觀眾大聲哀號。「縱使敵軍奪走我的祖國，禁錮我的靈魂，但我始終不會屈服。請向我的同胞通報我的死訊，讓舉國上下憤然起身。」大喊完緊接著立刻垂下頭，舞台隨即暗了下來。不一會兒，燈光亮起，只見雲夢掛在繩索上，輕輕地晃呀晃。

雲夢躺在急診室的病床上，欣賞著自己在腦海裡的賣力演出，細細的淚水從眼角流淌而下。對演員來說，能在舞台上死去何其幸運，不勝感激。

是出了什麼差錯才死掉的嗎？曦東應該在台下才對，為什麼沒救我？難道跑去廁所了嗎？不對，曦東的確在台下，他還把椅子拉到我懸在半空中掙扎的雙腳下，讓我能安然落地，然後替我解開繩索，邊叫：「哥，醒來！」邊拍打我的臉，略微火辣的手勁裡摻雜了不少個人情感。

「臭小子，你不趕快動作還在給我悠哉地拍手？我差點就要嗝屁了。」雲夢一面搓揉因粗糙繩索而發癢的脖子，一面抱怨。

「因為我看你賣力演出的樣子太感動了。」曦東甚至哽咽了起來。

「所以到那個時候都還好端端的囉？」雲夢的大腦開始勤奮地運轉。「那我生命的最後一刻是在哪上演的？我為什麼死了？這裡是哪裡？真的是天堂嗎？」雲夢腦海中的無數個問號宛如打地鼠遊戲機的地鼠般不斷彈出。

就在此時。

「哦？他怎麼哭了？是不是哪裡會痛？快叫醫生。」

「哪有什麼好痛的，不是說在睡覺嗎。」

床頭邊傳來兩個女人交頭接耳的聲音，一個十分陌生，另一個極度熟悉。耳熟的人聲讓雲夢再清楚不過地意識到自己並沒有死，這裡不是天堂。雲夢的直覺告訴他，一旦與聲音熟悉的這位女子對視，就真的是死路一條了，因此沒能睜開眼睛。

「走吧，去聊聊。」

聲音陌生的女子把聲音熟悉的女子拖了出去，雲夢這才小心翼翼地將眼睛撐出一條縫，坐起身來。稍微拉開病床間的遮廉，環顧四周，看見兩個女人面對面站在急診室前大剌剌地擋住出入口。其中一個女子轉過身來，是戴著黑色太陽眼鏡的載英。

咕嚕。雲夢緊張地嚥下一口口水，再度躺回床上，閉上雙眼。

雲夢過去很喜歡話劇，熱愛舞台。幼稚園的才藝表演是他人生的第一個舞台，由陽光班的七歲小孩們共同排練了一個月的〈紅豆粥婆婆〉可謂一部經典名作，講述了栗子、錐子、狗大便、石磨、鱉、席子以及背架對付打算吃掉婆婆的老虎時的精采表現。

雲夢飾演的角色是栗子。身穿栗子殼的雲夢衝向穿著老虎裝的同學，飾演老虎的同學大喊「唉唷！」後摔了個四腳朝天。由於演出太過逼真，聚在幼稚園講堂的家長們不由自主地發出感嘆，為雲夢獻上熱烈的掌聲。

當時年幼的雲夢得意地聳起肩膀，望向觀眾席，只見母親張金頤女士和四個姊姊正為雲夢毫不吝嗇地送上掌聲。準確來說是三個姊姊，因為四姊載英雙手抱胸狠狠地瞪著他。雲夢才不管在聖誕夜被拖來看幼稚園才藝表演的載英有多命苦又委屈，也回瞪了她好一陣子。

話劇結束後，一家人轉移到中華料理店聚餐。

「媽咪，我厲不厲害？」

「我兒子當然厲害！」

「我長大以後要當話劇演員！」

聽到兒子的未來志向竟然偏偏是會餓肚子的職業，張金頤女士猛然一顫，對嚼著糖醋肉的雲夢說：

「雲夢，這個以後再說，慢慢想，等到很久很久以後再決定。」

「嗚嗚……媽咪的『以後』就是不行的意思。」

「我們家雲夢就是聰明，好像媽媽肚子裡的蛔蟲。」
大姊恩英一邊摸了摸氣鼓鼓的雲夢的頭，一邊說：
「雲夢長大想不想做人家都羨慕的職業啊？」
二姊淑英一邊幫弟弟擦去嘴角的糖醋肉醬汁，一邊問：
「人家都羨慕的職業是什麼？」
「像是檢察官、法官、醫師、律師、老師。」
三姊珉英娓娓道來。
雲夢很是苦惱，他認為那些大人一點也不帥氣，那些職業一點也不有趣。
就在此時，四姊載英的嘲諷清楚地傳入耳中。
「那些職業是阿貓阿狗都能做的嗎？雲夢這個笨蛋有可能嗎？」
雲夢倏地睜大眼睛喊道：
「我可以！」
憑藉著七歲小孩的傲氣與狠勁吐出的話語成了雲夢一輩子的枷鎖、張金頤女士一輩子的夢想。雲夢考上首爾大學的那天，張金頤女士放聲大喊：「Dreams come true！」
就拿今天早上來說好了，在江陵老家的張金頤女士又跑到後山去疊石塔祈願，祈禱雲夢能早日逃離新林洞（註1），到瑞草洞（註2）去上班。

她不曉得雲夢在很久以前就搬離新林洞了。

雲夢大學主修政治外交同時準備考法學院，但他的書包裡裝的卻是話劇劇本，而不是主修的教科書或法學適性測試考古題。交通卡感應的地點總是地鐵惠化站，而不是首爾大學入口站。選擇瞞著母親走上貧苦的大學路（註3）話劇演員一途令他既徬徨又苦惱。夜晚深長，白晝漫漫。終於在某個長夜照進一絲曙光，那分明是朦朧藍綠調的黎明光亮。

對話劇的熱忱綽綽有餘，演技卻稍嫌不足的雲夢無論如何都想在話劇界的邊緣打轉、伺機而動。他自學劇本寫法，涉獵著名話劇界人士的企劃與導演講座。在軍隊裡也不捨晝夜，白天構想，夜裡執筆，總算催生出〈青春的使命〉，獲選為新春文藝戲曲部門的大賞，雲夢甚至得到青年藝術家創作補助金。

雲夢前去拜訪大學時期在話劇社一同活動的張前輩，當時張前輩因為經營小劇場欠下一屁股債，正準備申請劇場永久停業，轉換跑道改開酒館。

倘若海浪是大海的使命，我苦惱青春的使命為何。

理應勤奮地吃喝拉撒、學成技能、找到體面的職場、組織健全的家庭，
向上盡孝道、向下行慈愛、忠愛國家。
這些都得建立在「有」的前提下。
沒有職缺談何求職；
沒有家庭談何孝慈；
沒有國家談何愛國。
埋怨漆黑蒼白的時代、怪罪時節，
對在青春原地踏步的自己失望，
原地踏步而後對我腐敗潰爛的青春絕望。
啊，難不成我的世界就此毀滅……
我放聲哭嚎才突然領悟，

註1：隸屬首爾冠岳區的行政單位，以首爾大學與考試院林立為名。

註2：位在首爾江南一帶，隸屬瑞草區的行政單位。韓國大法院、韓國檢察廳、首爾中央地方法院、首爾中央地方檢察廳、首爾高等法院、首爾高等檢察廳皆座落於瑞草洞，此處可謂韓國的司法中心。

註3：位在首爾鐘路區的大學路一帶，以話劇劇場林立出名。

青春的另一個名字大概是希望，
青春的使命是懷抱希望。
我敢說，
找到一根稻草或一團毛絮，
緊抓、緊咬著將它拉長，
那就是青春的使命。

劇本第一頁開頭就是得在日帝強占期生存下來的青年們的獨白，張前輩讀到這裡，一滴眼淚便從眼角流出。那句「尋得一根稻草或一團毛絮，緊抓、緊咬著將它拉長，那就是青春的使命」引起他深深的共鳴。雲夢和張前輩徹夜又是擦拭順著臉頰流下的露水，又是分飲裝在酒杯裡的露水。

張前輩原先想經營酒館的計畫煙消雲散，召回了四散的志同道合話劇人。即便另有維持生計的工作，但極度想念話劇的同志們一鼓作氣登門，從讀劇本、排練到親手打造舞台和製作道具，無一處不燃燒熱忱、全心投入。

然而以堪比活火山之勢，誓言要成為大韓民國話劇界里程碑的熊熊希望之火卻在一夕間化為灰燼。精心籌備的話劇根本沒能搬上舞台便胎死腹中，只能承認眼前負債的現實。

這全是拜禹燦熙所賜。

比雲夢大兩屆的禹燦熙不是個好前輩。他把話劇社辦公室當作軍隊內務班，像是個即將退伍的兵長在刁難後輩。張前輩卻以他受過很多傷為由，始終包庇這樣的禹燦熙。根本也沒人好奇他受的傷或難以啟齒的私事。過去雲夢努力避開他，他卻一直奮力追著雲夢跑，惹人厭。如果雲夢占了圖書館的位子，他就會立刻出現把自己的包包放上去；一發放學生餐廳的餐券就搶走雲夢的份，令人啞口無言。

「這次的話劇燦熙也想加入。」

張前輩話音一落，和雲夢有過數不清類似經驗的幾位夥伴隨即表明反對。

「不管怎麼樣還是雲夢的意願最重要吧？畢竟我們能再聚在一起都得感謝他。」

張前輩望向雲夢，彷彿在徵求同意。

「我知道你們都不喜歡燦熙，但他是我的心頭肉。」

善良的張前輩是雲夢的話劇之父兼人生導師，既然他說是自己的心頭肉，便理應幫他貼上OK繃，可是卻無法輕易開口。看到雲夢眼中的猶豫，張前輩補了一句。

「燦熙也變了很多。」

雲夢並不買帳，但是張前輩哀傷的眼珠子擊潰了雲夢的判斷力。

「好啦，就這樣吧。」

就這樣，雲夢和話劇夥伴們被迫迎來無法挽回的最糟局面。

距離開演沒剩多久的某一天，雲夢結束排練和曦東一起加入聚餐，那時喝得酩酊大醉的話劇夥伴們彼此相擁。

「搞什麼？都還沒開始就戰死啦？」

雲夢捏了一下張前輩的側腰後坐了下來。

「都怪我。雲夢，對不起。」

「怎麼了？發生什麼事？」

張前輩不發一語地遞過手機。

禹燦熙發送的簡短訊息印在雲夢的瞳孔上。

不要原諒我。

發生了重大事故。

禹燦熙捲款逃跑，私吞了雲夢的創作補助金與夥伴們透過其他生計籌來的零散資金。即便禹燦熙空有企管系學生的頭銜，張前輩仍認為他是最擅長和數字打交道的人，所以將金錢相關的事務都託付給他，過去幾個月從來沒有翻開會計帳簿。因此就算燦熙是主謀，自己也等同於幫兇，張前輩一面捶打地板，一面哽咽。

別提演出了，衡量現況大概只能辦負債慶功宴了。夥伴們如同殘兵敗將東倒西歪，眼前不真實的現況讓雲夢感到迷迷濛濛，一股尿意沒頭沒腦地竄了上來。他一手握著燒酒瓶，另一手握緊拳頭，表情甚是悲壯。曦東看著心裡發寒，腦海閃過一個畫面——後腦杓和腹部分別被燒酒瓶與拳頭重擊的禹燦熙跪在地上，滴血的手掌還插著燒酒瓶的碎片，四周一片狼藉滿是鮮血。

「哥，去哪？」

曦東抓住雲夢的褲管。

「廁所。」

「幹嘛帶燒酒瓶去廁所！」

曦東奮力抓住雲夢手中的酒瓶。

「喔，對耶。」

雲夢突然鬆開手，曦東順勢向後翻倒。所有人都以為雲夢真的去了廁所，他卻有去無回。

雲夢四處徘徊尋找禹燦熙，在以他住處為中心，半徑十公里以內的便利商店、網咖、三溫暖，以及最近打工的炸雞店、撞球館一帶逗留，連他準備會計師考試時待過的補習班後頭的小巷和酒館都仔細翻遍了。有人可能會問，除非禹燦熙是傻子，不然怎麼可能躲在那些地方，但雲夢就是看準了這點。野獸越是被逼到絕境，越是會選擇躲在熟悉的地方。

雲夢還小的時候，母親張金頤女士曾經在美髮廳建築物的地下室逮到偷走她會費的美髮廳大嬸。當時超市大嬸和公共澡堂大嬸都異口同聲地說那個臭女人又不是瘋了，怎麼可能躲在那裡，可是張金頤女士捲起袖子打爛了通往地下室的門，從裡頭揪出正在剝水煮蛋蛋殼的美髮廳大嬸。雲夢在旁目睹了一切。他很早就瞭解到愚昧的犯罪者跑不遠，再加上他很清楚禹燦熙不是個謹慎周嚴的人。

雲夢到處布陣等著禹燦熙現身，以水和三角飯糰果腹，不眠不休地瞪大雙眼。就這樣到了第四天，雲夢的身體發出異常訊號。像鬣狗般雪亮的瞳孔失去了光彩，開始耳嗚；大腿二頭肌到膝關節的部位變得緊繃，傳來陣痛；手腳從發麻到失去知覺。

身體無一處不在呻吟，但他認為這些都只是一時的，便不以為意。反倒有種不知羞恥的苦楚以為結束了又不斷地找上門來，那就是尿意。他無時無刻都想上廁所。

方才去便利商店買三角飯糰時已經借過廁所了，現在想再去還得看工讀生的臉色，淪落到羨慕鄰家小狗可以抬腿痛快解放的地步。

「3844。」

雲夢突然想起對面網咖二樓男生廁所的密碼，開始拔腿狂奔。在廁所門前手指一陣慌亂，是「*」還是「#」？這時尿道括約肌終究宣告達到極限，開始放鬆。就在這驚險的瞬間廁所門被向外推開，一頂紅色帽子走了出來。雲夢也不知道為什麼，就大聲迸出一句：「謝謝！」

尋得出口的尿柱爽快地傾瀉而下，解放的喜悅維持不到0.1秒，雲夢隨即意識到稍早替自己開門的紅色帽子正是禹燦熙。

「靠，王八蛋……」

尿柱沒有要停歇的意思。

萬萬不可讓這五天四夜以來的苦楚就只換來這十幾秒的解放。我甚至對那傢伙說謝謝？雲夢拿頭去撞磁磚壁，身體胡亂扭了一番。抖掉最後一滴的雲夢草草拉上牛仔褲拉鍊，衝出廁所，懷著難以承受的自責跑呀跑。

紅色帽子被下著雨的週五夜晚人海淹沒。不曉得街上哪來這麼多紅色雨傘，雲夢的瞳孔鎖定一切紅色的物體，舉凡紅色大衣、紅色包包、紅色招牌，朝著它們全力衝刺，就這樣撞上了紅色汽車。

然後現在躺在急診室裡。

記憶原先斷在以為是人生最後一個舞台的小劇場，一路拼湊起來連接到這裡。雲夢緊閉著嘴在內心吶喊，在那個情況下，載英為什麼偏偏坐在撞上自己的汽車裡頭，這個機率到底有多低。

雲夢無聲的吶喊因為兩個女人走近而中斷，她們接著延續方才在外頭的對話。

「我不是為了看這小子的臉才做老花手術的！」

載英咬牙切齒地說想把自己重見光明卻看到雲夢的眼睛挖出來，江瑞怕雲夢聽到，警告載英壓低音量。

「我就是講給他聽的。喂，具雲夢！張開眼睛！」

「妳對弟弟會不會太壞了啊？」

「弟弟？只有戶籍上是弟弟，對我來說是連陌生人都比不上的臭小子。」

「具載英，現在妳弟是被害人，我們是加害人，該大聲的不是我們。」

「是這個白痴自己衝出來的。」

「開車的是我。」

「檢查結果不是都沒事嘛。」

「醫生說他需要充分的休息和靜養。」

這個憑據客觀事實只挑對的話說的女人是誰？她同事？反正推測是個品學兼優的人物，跟載英不一樣。她雖然陌生但冷靜沉穩的嗓音給了雲夢希望。雲夢無法獨自面對載英，因此光是有個人在身邊就給他帶來安慰。這個女人肯定是神派來的救星——阻止大半夜即將在急診室上演的骨肉相殘戲碼。

雲夢正打算睜開眼皮。

「妳看他這副鬼德性，還算個人嗎？當初說要搞話劇的時候就該把他的腿打斷的，沒能那麼做真是抱憾終身。」

載英宛如六月飛霜般惡毒的話語讓雲夢的眼皮自動轉換為緊閉模式。他真想就這樣躲過被載英揪住脖子，強制召回江陵老家的命運，然而敏感的膀胱並不苟同，將急迫的信號傳送到大腦。雲夢的下腹一陣扭擰，眼皮解除緊閉。

「我去一下廁所。」

這竟是雲夢勉強睜開眼後說的第一句話。

✦✦✦

江瑞阻止一步出急診室就要拖著雲夢去搭第一班火車回江陵老家的載英，並把兩姊弟塞進車子裡。紅色汽車正朝向有著綠色大門的家駛去，這期間載英像是要把雲夢生吞活剝般狠狠地痛罵一頓。

「一定有自己的苦衷吧，妳這樣逼他換作是我也說不出口。」

江瑞勸載英回家後再聽他慢慢解釋，替雲夢爭取到準備藉口的時間。

「我該叫你雲夢先生嗎？」

正在開車的江瑞透過車內後照鏡與後座的雲夢對視，然後問道。

「先生個頭。」

載英沒好氣地插了一句，雲夢瞪著載英的後腦杓回答：

「就說『喂』或『你』都可以。」

「我叫都江瑞，跟載英住在一起。」

「原來如此。」

江瑞。雲夢細細咀嚼這兩個字，心想這不是個常見的名字，好像在哪裡聽過卻又想不起來。

「家裡有點亂，別被嚇到哦。」

「不會的，謝謝妳。」

直到江瑞在有著綠色大門的房屋玄關前，按下指紋解鎖為止，雲夢都還把那當作是女主人出於謙遜經常說的客套話罷了。

「啊……」

從雲夢口中溜出一聲感嘆。

遠觀時屋子明明是春日綠意，近看卻是蝗蟲過境的秋日田野。

被徹底弄亂、連腳都沒有地方踩的客廳令雲夢感到暈眩，零食包裝、啤酒罐、寶特瓶勉強還可以通融，但他想不透諸如髮捲、擦頭髮的毛巾、香氛蠟燭等物為什麼會散落在客廳地板上。其中最讓人無言的就是歪歪斜斜地躺在客廳中央的一隻皮鞋。不曉得是不是想回到原本的位子，鞋尖還指向鞋櫃。

江瑞和載英熟練地掠過腳尖所及的物品，雲夢其實只要跟隨她們開拓的道路走就行了，卻終究不自覺著手收拾。過去為了在話劇圈生存下來，一面看前輩們的臉色一面勤奮地又收又掃又擦，已經習慣了所謂的「又又又修行」，因而身體先一步自動做出反應。

不過是一眨眼的功夫，零食包裝和啤酒罐就進了垃圾桶，摺得精巧的毛巾和髮捲一同擺在沙發上，香氛蠟燭在牆壁層板上尋得落腳處。皮鞋被移到玄關門旁，與另一半破鏡重圓。

看著雲夢迅速又俐落的動作，江瑞用和善的語氣說：

「客人不需要這樣啦，直接坐吧。」

「他自己會看著辦。既然都做到一半了幹嘛不把碗也洗起來？」

雲夢萌生殺人的衝動，朝著載英微微揚起嘴角，露出一抹淡淡的微笑。他把沙發上雜亂的抱枕立好，屁股正準備坐在騰出的空位上時……

「跪下！」

載英宛如冰錐的聲音扎進雲夢的額頭。他的膝窩彷彿遭到棍棒痛毆，立刻膝蓋著地。這次也是身體先起反應，他感覺自己簡直變成一隻見到碗就口水直流的狗。媽的，早該把她幹掉。

「從實招來。」

「呃，就是……」

「那個住在你套房裡姓金的是誰？你人也不在那，為什麼老家寄給你的小菜姓金的吃得那麼起勁？你是在哪裡忙什麼都已讀不回我的訊息？你在做的事有那麼重要嗎？不會是在搞話劇吧！」

「如果就是話劇呢？」

「也不用回江陵了，你會直接死在我手裡。」

「妳乾脆殺了我吧。」

雲夢低下頭，沙發抱枕和方才整理好的毛巾、髮捲都飛了過來。雲夢一邊拿抱枕當作盾牌擋下髮捲，一邊大喊道：

「妳乾脆殺了我吧！但在那之前我要先把錢拿回來。」

「錢？」

載英暫時停下手中的髮捲攻勢。

該從哪裡講起呢。雲夢在車子裡想好的藉口和哭訴的話語都不知蒸發去了哪裡，句子全都攪在一起。因為想搞話劇，拜託就這麼一次，行行好，睜一隻眼閉一隻眼，自己絕不會忘記這份恩情。使盡全力涙灑現場求情的念頭在跪下的那一刻消失得無影無蹤。

「認識的前輩欠我一些錢。」雲夢低語。

「套房的保證金？」

「不是。」

「多少？」

「沒多少，大概三……千萬韓元？」

「蠢蛋！你還被人騙錢？」

載英重啟攻擊，雲夢讓出自己的背直到抱枕裂開，棉花在空中亂舞為止。都說有揍人的婆婆，也要有勸和的小姑，但是被雲夢視作善良救星的江瑞此刻卻只是面無表情的旁觀者。江瑞雙手抱胸觀戰，眼神彷彿在說這是你們的家務事。

滴哩——手機沒電的警示音好不容易讓載英停了下來，她氣喘吁吁地拿著手機走進房間。

這時江瑞才開金口。

「你也知道載英的個性，如果有人攔著她會更生氣。我怕我介入只會讓情況惡化。」

這是當然。雲夢點了點頭。

「我認為你不該像被拖去屠宰場的牛一樣被拖去江陵。」

沒錯沒錯。雲夢更大力地點了點頭。

「你要住在這嗎？」

啥？雲夢瞪大雙眼。

是出於好意呢？還是心裡打著別的算盤？雲夢感到非常混亂。江瑞一下扮演救星一下又變成置身事外的旁觀者，現在又提議要同居。江瑞對連為什麼都問不出口的雲夢說道：

「沒有附加條件，只要住下來就好。」

所以說為什麼？開不了口的雲夢改以眼神詢問。

江瑞的視線飄向玄關，雲夢也跟著看過去。在雲夢不久前才整齊擺好的皮鞋旁邊放著一雙黑色的男性皮鞋。江瑞露出含著幾分迫切的深沉微笑，彷彿在示意這樣就說得通了吧。

「不用擔心載英，我才是房東。」

「不管怎麼說還是有困難……」

雲夢完全無法想像自己跟具載英住在同一個屋簷下。

「那現在開始不是提議了，改成我拜託你。」

不久前這一帶接連發生不祥的事，只有女人居住的房子成了標靶，三番兩次外出回家發現門被打開，或是電視沒關，要不然就是水龍頭的水還在流。因為沒有遺失任何財物，受害者起初以為是自己一時忘記檢查就出門。然而類似的事情一再上演，隔壁家和前後鄰居也遇過好幾次相同的狀況，犯人專挑沒有男性居住的房子下手。倒不是貴重物品被偷，沒有遺失任何東西反倒更令人毛骨悚然，這意味著犯人另有所圖。派出所加強夜間巡邏，也增設了監視器，目前仍未抓到犯人，但所幸沒再出現新的犯罪行徑。

客觀事實到此為止。

江瑞補充她判斷犯行只是暫時停歇，隨時都會重啟。

「我在能幫上什麼忙……」

雲夢語畢，江瑞再度看向玄關。

「應該會比那雙皮鞋還要可靠。」

就如同那雙皮鞋只要靜靜地待在那裡就在盡自己的本分，雲夢也僅需要待在這個家即可。

雲夢的大腦快速轉動。雖然自己沒錢也無處可去，眼下沒有資格挑三揀四，但也不能吞石頭吧。載英就是石頭，而且是異常堅硬的石英。

房間裡傳來載英的聲音，貌似在跟大姊恩英通話。「根本就跟乞丐沒兩樣，我也很好奇有沒有在吃飯。這還需要我問嗎？被人騙錢我還不能生氣喔？不需要再給他機會了，明天我就帶他回江陵。啥？媽去濟州島了？」

載英洪亮的聲音穿透雲夢的耳膜，聽到「媽」就讓雲夢的一顆心向下沉，壓迫感襲來。雲夢不能以這個樣子去見母親，就算是石頭也要吞下去。

「我會努力幫上忙。」

然後補充：「請多多指教。」一面對江瑞的請託，雲夢也以請求回覆。

就這樣登上了不在計劃裡的人生舞台。

沒關係，就看作是為了躲避雷陣雨暫時借住這間有著綠色大門的家。稻草也好，毛絮也罷，就把綠門之家視為起死回生的墊腳石吧。不是說只要發揮跟皮鞋程度相當的存在感就好了嘛。吞石頭又如何，再拉出來就行了。

樂觀帶來希望，希望成為抵擋隨時湧現的不安和憂心的盾牌。那天夜裡，雲夢以希望之盾武裝自己，無論載英以何等暴力或惡言相向，他都得維持一貫的菩薩微笑。

第二章

一九九二年生具雲夢

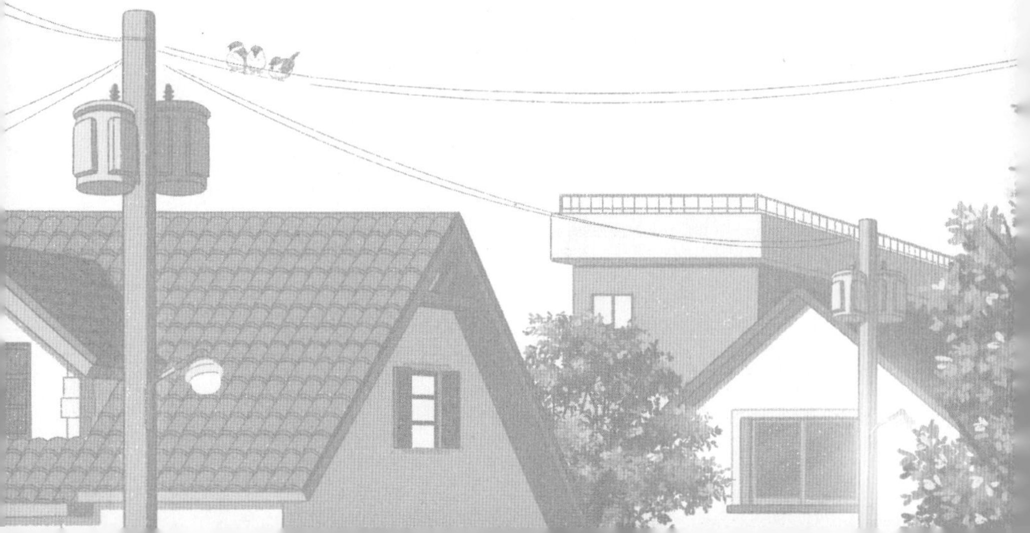

三十年前，張金頤女士造訪了一座小庵。

「佛祖、菩薩、三神婆婆（註4），懇求祢們聽聽我誠心的願望吧。我什麼藥都吃遍了，把隔壁家敬浩媽媽的內褲都偷來穿過了。我也不是求祢們讓我中獎發大財，不過是求個人人都有的兒子，賜給我一個兒子就好，我一定會好好把他養大成人報答恩惠的。求求祢們大發慈悲，大發慈悲……」

求了又求，哀怨著要是具家血脈斷在這裡，她為人媳婦沒臉見祖先，不知不覺就鼻酸了起來。她擦著鼻水，沿著寺院步道走下山，看到一邊路旁的小菩薩石像們與稀稀疏疏的石塔，挑選一塊扁平的石頭打算再祈求一次。正當她小心翼翼地準備將石頭疊上去的剎那，聽見一個小孩的聲音。

「阿姨，那邊的小菩薩怎麼沒有鼻子？」

「哦，應該是有人把它磨來吃了。」

「吃菩薩的鼻子？為什麼？」

「為了生兒子。」

「什麼？」

小孩圓滾滾的眼睛發著光。

「有人說把菩薩的鼻子磨成粉喝掉就會生兒子。」

「啊……是真的嗎？」

張金頤女士望著沒有鼻子的小菩薩石像嘆了口氣。

「當然不是囉。可是人啊，不管是真是假都會想要試試看，不是說心誠則靈嘛。」

小孩的頭歪向一側。

張金頤女士把承載了自己殷切期盼的石子放上石塔，石塔忽然傾斜。

「哎呦喂呀！」

「沒有倒掉！」

小孩用蕨類幼葉般的小手一把抱住石塔，然後大喊。

「謝啦，小不點。」

張金頤女士小心地調整石頭。小孩眨了一下眼後說道：

註4：是朝鮮巫教中負責掌管生育、生養、命運的三位女神靈。

「我剛才也有幫阿姨許願喔。」

哎呦，還真乖！張金頤女士摸了摸小孩的頭，這時傳來有人呼喚小孩的聲音。小孩給了張金頤女士一個燦爛的笑容，像兔子一樣跳著跑走了。

「如果因為妳真的讓我生下兒子的話，我可以一輩子都背著妳走。」

張金頤女士望著不知何時還有機會見面的孩子的背影喃喃自語，空虛地笑了。

小孩的名字叫做都江瑞。

九朵雲輕盈地飄浮在藍天上。小雲團們似乎是為誰而讓出了一條路，隨後一團巨大的雲朵慢悠悠地飄了過來。巨雲的邊緣閃爍著金光，張金頤女士幾乎睜不開眼睛，但仍努力撐起眼皮，親眼目睹一個身上纏著金線、掛著紅色辣椒的胖嘟嘟童子正在向她招手。

這是胎夢。十個月後，一個哭聲宏亮的男孩呱呱墜地。

因為是跟九朵雲結伴而來的具家長孫，結合了「九雲夢」的含義，取名為「具雲夢」。張金頤女士回想，雲夢的臉蛋媲美雕琢過的玉石，一雙眼睛好比晨星，有肚量又聰慧過人。那是一九九二年的冬天。

雲夢的成長過程裡這個故事聽了不下數百遍。當年那個小孩幹嘛幫素昧平生的阿姨許願，每當雲夢拐進人生的死路時，都會埋怨那個據說跟母親一同許願但不知道名字的小孩。不曉得是不是孩子的聲音讓佛祖打開了耳朵，又或者是孩子的眼神讓佛祖不忍心無視她的願望。雲夢經常心想，若不是那個小鬼多管閒事，自己就不必來到這世上了。

雲夢一面收拾昨晚江瑞和載英製造的垃圾，一面想著哪天有緣遇到為他的誕生貢獻一己之力的那位小孩，要彈她額頭以示報復。

「今天吃什麼呀？」

「黃豆芽湯飯怎麼樣？」

獵頭顧問資歷十年的江瑞和電視劇企劃製作人資歷十年的載英，忙著討論誰的人生比較淒涼，聊到東方發白才回到各自的房間，之後一路睡到下午才甘願步出房門。她們彷彿看不見正在收拾垃圾的雲夢，心無旁騖地研究要吃什麼醒酒。

「是前年的事嗎？去江陵的時候阿姨煮的泡菜湯真的好好吃，怎麼會突然想到呢？」

江瑞在外送平台上搜尋有賣黃豆芽湯飯的店家，同時說道。

「泡菜冰箱裡還有在江陵做的泡菜！」

載英大喊，想起自己有從那個姓金的——寄居在雲夢套房裡的人——手裡搶回江陵寄去的泡菜和其他小菜。接著她望向正在壓扁啤酒罐放入回收箱的雲夢。

不用說我也懂。雲夢小心翼翼地站直身走進廚房，繫上圍裙。把昆布和鯷魚拿去泡水，邊切泡菜邊咽下一口氣。還能怪誰呢，都不需要人使喚就自己擔起賢內助的角色。

即便江瑞只要求他像皮鞋一樣靜靜待著，但依他的個性沒辦法什麼都不做，要怪就怪他總是閒不下來。既然人都在這了，難道不該發揮最大的價值嗎？就算只有自己待在這裡的期間也好，雲夢希望綠門之家能像個人住的地方。

第一天，雲夢掃去家裡的灰塵、清除陳年汙垢。由於吸塵器故障只能純手工作業，花費超過十二個小時才完成；第二天，雲夢整理了冰箱。丟棄過期的食材騰出空間，冷空氣才終於流通，冰箱恢復原先的性能；第三天，雲夢洗了衣服。洗衣機的功能沒問題，倒是烘衣機嗶嗶叫宣告故障，只得把洗好的衣物都晾在頂樓，幸好天氣不錯；第四天，雲夢把該丟的都丟掉了，幾乎是全都丟光了。由於「這個可以丟吧？」的訊息量和隨之附上的照片量過於龐大，導致任務進度幾乎停擺，兩個女人最終讓他自行決定。他一面對因為垃圾過量而生病的地球感到抱歉，一面毫不留情地扔掉廢物；第五天，雲夢將物品安置到屬於它們的位置。光是把書放上書櫃、碗放入櫥櫃、鞋放進鞋櫃，整個家就重生了好幾回；第六天，雲夢受修補工程所苦。在紗窗破洞處貼上膠帶，疏通阻塞的排水口。送去給專人修理的吸塵器和烘衣機現在也重新歸隊了，想到即將迎來嶄新的時代就令他無比期待。

因而第七天，雲夢以為自己可以休息了。殊不知得親自替這兩個喝太多還宿醉的女人擦屁股。

「泡菜湯真的好清爽。」

江瑞的一句話讓雲夢嘗到手腳酸痛瞬間消散的神奇體驗。過去七天雲夢不辭辛勞為的就是這個。江瑞的話語和表情透露出滿滿「沒有你怎麼辦」的感謝，讓原本做到十分就足夠的雲夢獲得做到一百分的動力。

「可是怎麼沒放豆腐？」

載英說。雲夢忍住想伸出某根手指的衝動，只是對著她笑。

「因為沒有豆腐。」

餐桌上之所以這麼豐盛都得感謝雲夢過去七天仔細挖冰箱，這兩個女人會知道嗎？

「冰箱裡有餃子欸。」

勉強還能吃、叫得出名字的只剩下冷凍餃子了。

「妳們晚餐要吃餃子湯嗎？」

「他啊，吃午餐就在擔心晚餐了。」

「跟我媽一樣。」

面對雲夢的詢問，兩個女人以各自的方式表述意見，總之是有人煮的話就會吃的意思。

距離把飯浸在泡菜湯裡吃還不到兩個小時，洗完碗、收拾完廚房的雲夢正準備享受一杯咖啡的悠閒時光。

「雲夢，什麼時候可以吃餃子湯啊？」

聽到一吃飽飯就背靠沙發、手指黏在手機上不動如山的載英這麼問，雲夢感到精疲力竭。「載英喝完酒隔天食慾會大增，如果是性慾還得了」、「那就要透過運動和冥想淨化身心啊，這樣明天才能繼續喝」，她們也不顧眼前還有長大成人的弟弟，想說什麼就說什麼，又補上一句。

「要灑上切絲的蛋皮跟碎海苔喔。」

「家裡沒有。」

「喔，沒有啊？」

江瑞以最快的速度點開以「子彈配送」為榮的購物App，開始把東西裝進購物車。

「現在下單什麼時候才會送到啊？雲夢你去一趟超市，帶上我的卡。」

在鍋子裡倒入牛骨湯調理包，敲開蛋殼分離蛋黃和蛋清，把冷凍餃子投入煮滾的湯頭裡，之後用平底鍋煎薄薄的蛋皮，把蛋皮切得美美的，調味海苔用剪刀剪得小小的。等等，不需要做得這麼有誠意吧？差不多就好。雲夢突然想起大姊恩英的餃子故事。

時值大姊恩英結婚前第一次去婆家拜訪。

一家大小全聚在一起坐著包餃子。在臉上掛著和藹可親的笑容，嘴上說著「來看看我們媳婦包餃子的功夫吧」的準公婆面前，恩英使出渾身解數，丈夫的姑姑對恩英包的餃子外型品頭論足，誇下海口說恩英會生下像金蟾蜍一樣象徵福氣和財運的兒子。三年後，跟預言的不一樣，恩英誕下一對漂亮的雙胞胎女兒。總之，當時覺得自己因為包餃子的手藝被婆家認可的恩英在回家後大肆炫耀了一番。

「哎呦，妳這是搬石頭砸自己的腳啊！我看妳這輩子要包一百萬顆餃子跑不掉了。」

張金頤女士唉聲嘆氣，那時恩英還不理解這句話背後的含義，年幼的雲夢當然也不曉得。那之後每逢節慶或生日，但凡是家族成員團聚的日子，恩英就得動手包餃子。在即將邁入結婚第五年的時候，恩英儼然成了包餃子機器，以她的實力去開店都綽綽有餘。可是她不吃餃子，光是聽到餃子的「餃」字就讓她咬牙切齒。恩英就這樣一直包到前年她婆婆過世。

在婆家廚房萬萬不可炫技，要永保謙遜，盡可能婉拒一切任務。

透過大姊的案例深有感悟的淑英和珉英堅守「我什麼都不會做非常抱歉」的謙讓姿態，才得以坐享婆婆料理的一桌菜色。當然為人媳婦還是會洗碗和清理廚房，她們強調。

憶起昔日餃子的教訓，雲夢深刻體悟到令人感慨的現況都是他自找的，於是把餃子湯盛到大碗裡，隨意地灑上蛋皮絲和碎海苔。殊不知仍大受好評，載英不吝稱讚。

「天啊！看看餃子湯的顏值，家裡吃得這麼講究嗎？」

載英一邊浮誇地說，一邊拍下認證照上傳社群媒體。

「我不保證好吃喔。」

雲夢嘟囔著。

「味道剛剛好！超好吃，無可挑剔！」

載英嚐了一口後的誇張反應讓雲夢不知所措，她的表情彷彿在說這是從來沒有嚐過的味道，真是令他感到負擔。

「要配紅酒嗎？」

「好哇！」

餃子湯配什麼紅酒。到底是什麼鬼組合？雲夢盯著載英和江瑞。

「啊，家裡的紅酒都喝完了。」

「最近便利商店推出的紅酒也很不錯。」

載英和江瑞的目光同時投向雲夢。

✦ ✦ ✦

雲夢需要時間思考。從家裡走到便利商店十分鐘就綽綽有餘了，但他盡可能慢慢走。原本打算採取兩種方案並進的雙軌策略，身體待在綠門之家躲避雷陣雨，而心和腦則是伸出觸手尋找禹燦熙。

縱使禹燦熙不可能吐出捲走的錢，雲夢潦倒的話劇人生也不可能像不倒翁一樣再次立起來，但該比擬成針對親日派做過去清算嗎？就像不清乾淨的話，往後又會一次次捅出妻子的歷史排泄物。雲夢必須揪出讓自己放不下心的禹燦熙，不管用什麼方式都要給他好看。

然而現在卻只走在一條軌道上。雲夢只在綠門之家的道路上前行，應當向外伸展的觸手沒能翻過圍牆，僅觸及家裡頭各個角落。雖然完成僅次開天闢地的整頓壯舉，並讓兩個女人在下班後安穩地吃上一頓家常飯、好好休息很有成就感，可是雲夢無法回應像黃豆芽般無時無刻抬起頭的問號。我，現在，為什麼，在這裡，做這個……？

僅管江瑞要雲夢待在這裡，但載英仍在等候時機要帶雲夢回江陵，聽說張金頤女士已經從濟州島回來了，載英好像隨時都會大喊：「雲夢，回家囉！」

這句「回家囉！」歷史悠久，它的源頭可以追溯到載英九歲那年，四歲的雲夢出門去遊樂場玩的時候。

每當雲夢在和同齡的小孩玩時，載英就會像在轉風車般甩著鞋袋登場。雲夢的朋友們都會看載英的臉色，坐立不安。載英會邊嘴裡嚼著泡泡糖邊說：「媽媽要你趕快回去。」其他朋友們明明不是自己的媽媽在叫，卻馬上跳起來跑回家。如果載英用腳踢著沙子邊說：「還不趕快起來？你朋友都回家了啊！」雲夢的眼眶便開始泛淚。

每次都是這樣。因為載英登場而失去朋友的雲夢用指甲刮載英的臉或拿沙子朝她的臉丟，以此大膽報復，載英為了不被比下去就用拳頭回應。那個時期經常在遊樂場上演的年幼姊弟生死鬥甚至屢屢引起社區居民熱議。

這很正常，小時候就是會發生這種事，問題是這種情況直到成年後仍未停歇。青少年時期事態得以稍微趨緩都得感謝雲夢搬到明星私立高中的宿舍。

上大學搬到首爾生活後，載英再次出現在雲夢的生命中，因為張金頤女士把要分給雲夢的小菜也一併寄給了載英。張金頤女士認為在人情澆薄又孤單的異鄉生活裡，家人就是最可靠的後盾，殊不知這其實是天大的錯覺。時值載英剛進入電視劇製作公司，身為老么製作人嘗盡社會生活的苦澀，不曉得是不是無處宣洩壓力，去找雲夢時不是送完小菜就沒事了，還要嘮叨個老半天，處處刁難雲夢，還樂此不疲。

某天晚上，在幾乎沒有其他乘客的公車上，雲夢和女友戴著耳機並肩而坐。雖然有點在意後座一位把棒球帽壓得很低的女子，但雲夢心想不可能那麼巧吧。他沉醉在耳邊甜美抒情的旋律之中，對女友發射朦朧的秋波，緩緩靠向她的嘴唇。

就在這個時候。

「雲夢，回家囉！」

雲夢緩緩轉過頭，最後一排的棒球帽正是載英。雲夢不敢置信。

載英用嚼到一半的口香糖做了個巨大泡泡，泡泡「啵」一聲破掉後，她便起身來到雲夢的女友身旁說悄悄話。

「我是雲夢的四姊，回家小心喔。」

然後一邊再次用嘴巴吹起泡泡，一邊走到公車門前按下下車鈴。

「真的嗎？親姊姊？」

初戀女友操著故鄉釜山的方言壓低聲音問道。

「不是，只是個瘋女人。」

幾天後，雲夢收到女友傳來以下的訊息。

我知道你媽媽是單親還有四個姊姊，但我承擔不起瘋女人。原本已經想到結婚那一步了。對不起，我們分手吧。

雲夢以不停顫抖的手指真心誠意地輸入每一個字。

我會努力，見個面吧。見面再說。

雲夢的初戀態度冷漠。

我不想見，見到你我會動搖。

所以說見個面吧，雲夢嘗試求了好幾天但沒能讓她回心轉意。她在最後一通電話裡這麼說。

「你知道你姊姊下車的時候跟我說什麼嗎？回家小心喔，回家小心，要夢到我喔。那天我真的做了惡夢，在夢裡我被小姑折磨到面無血色。我是認真的，不要再打來了。」

她說雲夢是初戀，說自己的夢想是和初戀結婚，雲夢承諾會幫她實現夢想。那樣的她卻離開了，而一切都是因為具載英。

對飽受分手後遺症所苦而渾身酸痛的雲夢來說，話劇是唯一的慰藉。然而某次去看話劇瞥見貼在小劇場布告欄的團員招募公告，讓雲夢陷入了更深的痛苦。

即便嘗試洗腦自己夢想只是夢想，就該讓它原封不動待在那裡才能稱做夢想，可終究是徒勞。不想碰它，它卻不停地彰顯自己的存在，讓雲夢站了起來。叫雲夢別只是坐在觀眾席鼓鼓掌，自己走上舞台接受掌聲。

雲夢鼓起勇氣站在試鏡的舞台上，評審委員們指出雲夢眼神不安、感情過剩，然後問道：

「是在綠豆街（註5）玩膩了改來大學路觀光嗎？想把演戲當作興趣？」

「不是這樣的，我什麼事都願意做，儘管吩咐！」

「做這行一輩子都要餓肚子，你知道嗎？」

「我知道！」

「回去念書吧。你父母親知道你這樣嗎？」

「不知道！但我還是想走話劇這條路！」

雲夢很迫切，評審委員們看上這股迫切，給了他很高的分數。

幾個月後，雲夢成了在山中徘徊的游擊隊員，登上舞台。雲夢的台詞只有三行。

「哦，我知曉這條路的歷史，這條路何處會出現山，這條路何處會出現滿布尖刺的刀槍，這條路何處……」

雲夢進行獨白時朝著觀眾席伸長手臂，視線順著指尖延伸出去竟看到一張熟悉的面孔，雲夢不敢相信。

又是具載英！

與坐在那雙手抱胸的載英四目相交的剎那，雲夢的腦海被徹底漂白了。雲夢的指尖彷彿得了顫抖症般抖個不停，額頭大汗淋漓。幸好這時竹槍大隊自後方湧出團團圍住了雲夢，否則就要出大事了。

演出結束後，雲夢在演員化妝間向前輩們低頭謝罪。

「昨天喝的酒還沒醒嗎？」

「不是。」

「你一向表現不錯，這次是怎麼了？如果沒有竹槍隊掩護可怎麼辦才好？」

註5：首爾大學冠岳校區附近的著名街道，周遭有許多考試院、餐廳、酒館、茶館、撞球館等，起初主要客群為準備司法考試或公務員考試的考生，因提供平價又豐富的飲食選擇，漸漸成了首爾大學學生的熱門聚會場所。街道名稱源自於 1970 年代後半至 1980 年代此處一間名為「綠豆館」（녹두집）的馬格利酒館。

「非常抱歉。」

「是怎樣？難不成在台下看到前女友了嗎？」

「沒有……但有個瘋女人！」

這時化妝間的門被推開，載英的頭從門縫間探出來，說道：

「雲夢，回家囉！」

但願那是最後一次，再也不想聽到這句話了。搞不好今晚又會聽到這句話也說不定，想到這裡雲夢即便看到眼前的便利商店也難以走近。

嗡——

插在褲子後口袋的手機震動了一下。是曦東傳來的訊息。

哥，還活著嗎？

嗯。

雲夢簡短回報自己的狀態。四天前曦東打過來確認雲夢是生是死，雲夢長話短說交代了遇到載英的戲劇性故事。載英不是姊姊而是瘋女人，這件事在雲夢的好友中可說是無人不知，無人不曉。曦東更進一步視載英為陰間使者，千叮嚀萬囑咐雲夢一定要活下來，在首爾的天空下再見。雲夢原本打算按下通話鍵詢問禹燦熙的近況但最後卻作罷，因為打過去勢必得先問候曦東過得好嗎，這樣一來就會被——正值大好青春、天天在父親的炸雞店幫忙的——曦東的叨叨絮絮纏住。

便利商店架上只有四瓶紅酒。

「只剩這些嗎？」

便利商店的金姓工讀生要雲夢稍候片刻，跑到裡頭拿了十瓶紅酒出來。

✦✦✦

「要辦歡迎派對啊。」

這麼突然？雲夢的眼睛瞪得偌大宛如魚眼。

載英忙著替客廳桌上冷掉的餃子湯和泡菜調整位置，嘴裡還不忘唸唸有詞。說這是房東江瑞貼心的主意，雖然已經過了一個禮拜，但是既然家裡多了一分子就不能少了迎新的環節。

「我是家裡的一分子？」正從抽屜裡拿出紅酒開瓶器的雲夢嚇了一跳，竟然不是「回家囉」也不是「給我回家」。難不成是經過一個禮拜縝密又精細的勞動之後，自己在綠門之家掙得的榮譽頭銜嗎，雲夢一頭霧水。

餃子湯旁邊是紅酒，紅酒旁邊又是香氛蠟燭，載英的手指忙著把這些通通照下來上傳到社群媒體。

「好像要點蠟燭再重拍一次，誰有火？」

雲夢正努力回憶好像在哪看過蠟燭點火器，江瑞不知何時走近載英，遞上打火機，菸味這才掃過雲夢的鼻子。

「輕輕鬆鬆一人一瓶！」

江瑞喊道。派對開始。

「什麼時候開始這麼厲害的？」

提問的江瑞瞳孔如繁星般閃爍，雲夢差點就要心動了。

「我還以為是申師任堂（註6）轉世欸。」

「啥，這又沒什麼。」

「怎麼會沒什麼！世界上最困難的就是做家事。」

江瑞笑著舉起紅酒杯。雲夢小心地把自己的酒杯靠上去乾杯，紫紅色的紅酒在透明玻璃杯中蕩漾。

「妳要比喻就好好比喻，真是的。申師任堂會做家事嗎？都是婢女在做的吧。」

載英的專長是抓語病找人麻煩。她的挑釁語氣以微妙的方式讓人感到不悅，相較於雲夢一貫地發怒，江瑞有不同的反應，她竟然附和「對耶」。她們兩人之所以能和樂融融地同居，關鍵原因大概就是江瑞的品行，她隱約擁有操縱他人的能力。

江瑞繼續幫腔，說大概是多虧不需要做家事，申師任堂才能夠全心投入繪畫和養育兒子。接著兩個女人展開激烈討論，內容是申師任堂應該要擺脫賢妻良母的形象，將形象擴張為兼顧工作和育兒的成功職業婦女，得脫離朝鮮男性知識分子替她設下的「某人之母」的身分框架才行。雲夢在兩人對話的過程中堅守聽眾的立場，同時反覆努力飲盡、斟滿酒杯。

「可是她怎麼跑到五萬韓元紙鈔上的？」

「對耶。」

註6：朝鮮中期的女性書畫家和詩人，在韓國談及賢妻良母時普遍會聯想到的人物。

對話由重新評價申師任堂的宏觀討論開始，結束在不知怎麼變成五萬元鈔票上的模特兒的疑問。這期間雲夢已經把江瑞分配的每人一瓶紅酒喝個精光，抬起屁股準備起身。

「所以我說，有什麼契機呢？」

江瑞的瞳孔再度變得炯炯有神。

「什麼？」

「比如說有什麼讓你別無選擇，只能變得很會做家事的故事嗎？」

「呃……可能打從一出生？」

雲夢一邊把屁股貼回椅子，一邊回答。

載英又認真地回應了起來。

「他出生的故事很特別啊。」

三十年前那天的事又再度被提起，在載英的論述裡，那個和張金頤女士一同祈願的五歲小孩成了三神婆婆。江瑞當然不可能還有那遙遠時期的記憶，倒是因為以小孩之姿降臨的三神一說咯咯大笑。

多虧三神的恩惠，雲夢就這樣以小兒子的身分誕生在眾多女兒的家庭裡，自然對主婦的工作非常熟稔。江瑞聽了載英的理論，歪著頭表示不解。

「身為世世代代兒子都很珍稀的具家嫡長孫，不是該把他捧在掌心養大，不讓他的手沾到一滴水嗎？」

她說得沒錯。託張金頤女士和除了載英之外三位善良姊姊的福，雲夢的成長過程十分好命，至少從表面看來是如此。因為祖父一句「穿褲子的人不進廚房！」成了雲夢完全不必碰家事的免死金牌。

但俗話說家家有本難念的經，雲夢一家的事情特別多。雲夢現在回想才發現那些事情大多是刻意人為的，其中載英故意為之的占比特別大。雲夢悄悄瞪了一眼載英，她再三強調雲夢是因為被四個姊姊包圍，才會像呼吸一樣自然地熟悉了主婦之道。

「妳不知道從小耳濡目染才是最可怕的嗎？不用特別教就做得很好了。」

「那妳呢？」

江瑞提出異議，問她跟雲夢在同一個屋簷下長大，怎麼沒有會做的家事。載英答不上來，只是忙著闡述一九九二年生的雲夢一直以來近距離看著母親和姊姊們在育兒養家的地獄裡掙扎的模樣，自然搜集了不少參考數據。

還不忘補上幾句，說一路上母親和姊姊們對只會讀書、有點傻不隆咚又柔弱的雲夢發揮了不可忽視的影響力。他必須理解姊姊們的生理現象、大腦結構以及培養感同身受的能力等等，為了配合姊姊們的喜好和脾氣自然而然習得的生存不二法門便是做家務的能力。加上又跟姊姊們生下的姪子們玩耍，不知不覺還成了育兒達人，真是個很有用的小子。

這輩子從來沒聽載英講過近似稱讚話語的雲夢瞪大雙眼。就是現在！雲夢往載英的空杯子倒入紅酒。

「媽媽常說江山十年才變色，但家裡十天就可以換新氣象。」

「你在耍什麼花樣？」

載英瞬間轉換成警戒模式，雲夢把家裡上上下下緩緩打量一遍，載英的雙眼跟隨著他的視線。

「就像姊妳說的，我生來就是家庭主夫的料，妳也親眼看到多虧我，一個禮拜內家裡的變化有多大。我可以煮早餐讓妳在家吃完再出門上班，下班回家也有飯菜，只要我在這裡的一天，妳就有晚餐吃。姊，我現在很急迫，拜託幫我對江陵那邊保守秘密。」

「我已經跟大姊通過電話了欸？大姊搞不好已經告訴媽媽了。」

「就說妳沒逮到我，我不見了，所以——」

「我不要。」

「拜託當作沒看到我，假裝對我的人生不知情。」

「可是我已經知道啦？」

「要這樣的話沒事辦什麼歡迎派對？」

載英不語，視線轉向江瑞。江瑞表示她認為兩姊弟需要找時間聊聊，希望盡可能導出正向的結論。

「不是說我只要像皮鞋一樣待著就好嗎？不是說房東是妳所以不用擔心嗎？」

面對江瑞貌似想抽身的態度，雲夢發怒大吼。

之後載英也用彷彿遭到背叛的表情，大喊道：

「什麼鬼啊！我不是說過我不能跟他住在同一個屋簷下嗎？結果妳叫他在這住下來？」

「我一開始單純是覺得兩個女人住的房子需要一個保全裝置，但是雲夢做的比我要求的還要多。我以為事到如今妳的想法應該也改變了，會覺得一起生活也不賴，感覺這個時機點需要聊聊所以才製造了這個機會。我知道你們的疙瘩已經很久了，不是一天兩天就能輕易解開的，但還是希望你們可以和解。是我做得太超過了嗎？」

江瑞娓娓道來自己的立場，然後走到外頭。被留在原地的兩姊弟直接拿起酒瓶對口喝，不發一語。

雲夢手握紅酒走上頂樓時，孤高的月光下香菸雲霧正冉冉上飄。

「要喝嗎？」

雲夢邊坐到四四方方的原木平床（註7）上，邊說道。

江瑞一把接過紅酒瓶咕嚕咕嚕豪飲。然後彷彿要吸收月光似的頭向後傾，仰望夜空，這是她洗去一天憂愁的獨特儀式。因為傾倒在地的嘆息會向下扎根，伸長它的莖枝，莖枝不知不覺就會長得跟手臂一樣長，緊緊包覆全身，想切也切不掉，反倒變得更強壯、捆得更嚴實。因此歎息這種東西就得吐向蒼空，讓它消失得無影無蹤，這就是江瑞的理論。

雖然脖子僵硬，但江瑞一動也不動，只是低聲嘆氣。

打算維持這個樣子到什麼時候呢，愣愣盯著江瑞的雲夢開口。

「知道我的名字為什麼叫具雲夢嗎？」

雲夢幾乎不曾像這樣率先起頭。

只要是韓國人，高中國文課沒有在做別的事的話，肯定至少知道和雲夢同名的小說《九雲夢》。如果是國文課有稍微認真一點的同學，會知道那是朝鮮時期的大文豪金萬重（號西浦）在被流放之地所寫的小說，是為了安慰替自己勞心操神的老母所作。小說《九雲夢》的「九」指的是主人公性真和八仙女，「雲」意謂著人類出現過又消失、如「夢」的一生。也就是說，九雲夢意指九朵雲的夢，九個人做的夢，如果連這個都知道的話就是國文高材生了。

不時會碰到自以為知識淵博的人們向雲夢提出愚蠢的問題，即便是在匯集大韓民國菁英分子的首爾大學也不例外。「你是從朝鮮時期穿越時空過來的小說主角嗎？」、「八仙女裡面誰最漂亮？」、「你爸媽是金萬重的粉絲嗎？」諸如此類。就像有人不知道赫曼．赫塞的小說《德米安：徬徨少年時》的主人公不叫德米安，而是埃米爾．辛克萊一樣，也有可能不知道《九雲夢》的主角名字不是九雲夢，而是性真。

「春夢啊，九雲夢不是在講一場春夢的小說嗎？春夢啊，人生就是一場春夢，我們也是。」

註7：以木頭製成的床，放置於戶外供人坐著或躺著休息，也會在平床上用餐或進行休閒活動。

有次在一個喝酒的場合，禹燦熙用捲舌音如此唸唸有詞。那個時候雲夢花了一個多小時控訴填鴨式國文教育的弊端，還有小說《九雲夢》的主題不是一場春夢，而是將大乘佛教的經典《金剛經》改編成小說的作品，講到脖子爆青筋。說那麼多有誰會記得呢，大家都只剩下一起笑著叫春夢的記憶。在那之後好一陣子人們甚至都稱雲夢為春夢。

總之具雲夢三個字對誰來說都很有記憶點，是聽過一次就忘不了的名字，只靠這三個字就拉高了存在感。因此，如果有很難忘的名字，要和別人開啟話題就很容易了。畢竟大部分的人都會好奇怎麼取名的，問東問西。

只有當人們問起名字的事時，雲夢才會回答，不曉得是不是因為習慣了這個模式，雲夢幾乎不會主動提起名字的由來，可是在江瑞面前卻率先起頭。

雲夢其實是想拜託她更積極一點地介入自己和載英的關係。想請她盡一下安撫另一位室友以保障雲夢安穩居住權的房東本分，原本想說這個，結果一開口就迸出毫無關聯的話題，本人也很無言。

「不是說胎夢有九朵雲嗎？」

雖然掛上問號，但語氣感覺沒有興趣進一步了解。江瑞吞了一口紅酒，從菸盒裡抽出一根菸，夾在細長白皙的手指間。也不點菸就再度仰望夜空。

這是覺得很煩要雲夢趕快下去的信號嗎？不行，要把對話延續下去。

「江瑞姊，如果載英哪天發瘋逼妳要選她還是選我的話，一定要選我喔！」

「我會啦，雲夢！相信姊吧！」

這必須是月夜屋頂對談的結局才行。

奮力轉動大腦的雲夢開口。

「為什麼抽菸啊？」

「為什麼喜歡話劇？」

如果問為什麼要搞話劇，只要回答因為喜歡就好了，很簡單。可是問為什麼喜歡的話，嗯……該怎麼回答才好呢。

「什麼時候要戒菸？」

「你要放棄話劇了嗎？」

在要求自己和喜歡的事物分開的指令面前該怎麼回應才好呢。

「吸菸對身體不好嘛。」

「話劇前景好嗎？」

「怎麼可以拿菸跟話劇相提並論啊？」

「不要期待愚蠢的問題會得到聰明的答案，笨問題註定會導出笨答案。」

這次也是看見了軌道卻上不去，只能空轉輪胎。雲夢這下才對自己提出笨問題感到後悔。

隔天早上，雲夢想起自己大喊「我們還剩下十二瓶紅酒」的模樣，忽然驚醒彈坐起來。是夢嗎？一陣反胃。自己大叫「我是一九九二年生的具雲夢，沒錢沒房沒工作也沒名片，什麼都沒有的具雲夢」的景象同閃電般晃過腦海，又被嚇了一次。難道不是夢嗎？頭一陣刺痛。最後被自己大喊「全都是因為具載英」的景象所驚嚇，才確信這些都是真實發生過的事。

具雲夢三個字、香菸和話劇三組詞在腦海裡悠遊，然後在片段片段浮現的記憶碎片中聽見昨晚和江瑞的談話。

一九九二年生的具雲夢現在很不幸嗎？嗯。因為具載英或話劇？嗯。可以把具載英和話劇從具雲夢的人生裡拿掉嗎？不行。那你會繼續不幸囉？是這樣嗎……？

在一來一往的問答尾聲，江瑞說道：

「換個問題吧。」

「什麼？」

「不要問只能從過去或未來尋找答案的問題，問個現在就可以得到答案的。」

她說每個人的生命中都有愚問誤答的時期，愚蠢的問題導出錯誤的答案。我的人生是從哪裡開始出錯的呢？有多少人這樣質問自己最終陷入自我貶低的泥沼？所以才要換個問題，去問眼下立刻該做什麼。不管是什麼一定會有你能做的事，做就對了。

雲夢覺得自己昨夜彷彿在月光孤高的頂樓遇見了一位有智慧的長者，對江瑞心生尊敬。那時手機招搖響起，是張前輩打來的，說身為前輩的人是不是應該幫曦東家的炸雞店多賣一隻雞。昨天喝的紅酒一股腦兒湧上，感覺只要一絲酒精氣味掃過鼻尖就會吐出來。雲夢把和張前輩的約推遲到一個禮拜後，思考眼下立刻能做的有什麼。

洗碗。

第三章

定位

您撥打的電話無人接聽。已經第九次了，楊代理無止境的沉默讓江瑞繃緊神經，透過善良的機械人聲傳達的簡單事實令人產生不安的想像。那種事不會發生的，江瑞喝了一口美式咖啡，將不安一同嚥下，並打開了電子郵件。

點開標題為「徵才委託—K Cosmetic 人事組」的郵件，委託內容是尋找有七年以上工作經歷且適任事業部組長的人才。江瑞發送了詢問關於該職位及其主要工作內容的郵件後，著手過濾人才資料庫裡的履歷。雖然雙眼固定在螢幕畫面上，但所有的思緒都圍繞著楊代理打轉，是因為這樣才會瀏覽了二十幾位候選人的資料卻記不得任何一個人的名字嗎？

正當江瑞要再度拿起電話時，手機響起。是決定要雇用楊代理的帝元集團人資專員，他說需要楊代理的英文名字才能辦公司信箱，也請她轉交就職相關文件。掛掉專員的電話後，江瑞打給了楊代理。第十次了，善良的機械人聲又穿入江瑞的耳膜。她一邊傳訊息請楊代理確認寄去的電子郵件，一邊猜想搞不好那件事已經發生了。江瑞大口灌下美式咖啡，連冰塊都咬碎了，不安卻沒有碎裂也沒有融化。

楊代理在收到帝元集團的錄取信後，突然提出要將報到日推遲一個禮拜的請求，那時江瑞便起疑了，但仍舊選擇相信他。

「工作交接的進度比預期的還要緩慢，現在的公司要我把備份都做好再走。怎麼辦呢？真是抱歉。本來預計要去新公司報到的日子可以延後一個禮拜嗎？」

因為楊代理的語氣透出滿滿的愧疚不安。

「我會想辦法跟那邊說說看，您好好收尾再過來吧。」

這是上週五江瑞給的回覆。

一個禮拜過去了，下週一開始要去帝元集團上班的人到現在都還不接電話、不讀訊息……即便最擔心的事大概已經發生了，江瑞仍不死心，希望楊代理有個能換取眾人諒解的迫切理由。

江瑞藉由查到眼睛快脫窗才找到的履歷和自傳確認楊代理是個老實人，約出來親自訪談的過程中更加確信他是個善良的人。或許比起相信楊代理，江瑞其實是相信選擇了楊代理的自己的眼光。

江瑞二十四歲進入這間一說出公司名大家都略知一二的大型人才媒合管理顧問公司，她在這裡當了三年的尋訪員和三年的初級顧問，現在邁入資深顧問第五年，自認看人的眼光已經很精準了。可是這回究竟漏掉了什麼？她著實沒有頭緒。

最近好一陣子江瑞所屬的零售組媒合成功件數都不多，上午進行業務報告時，就因為低迷的業績收到本部長的警告了，現在還得操心楊代理的事。再等一下吧，江瑞讓自己不再去想楊代理，轉而向鄰座的吳元熙代理下達業務指示。

「我把翰林國際寄來的職位清單和職務描述轉寄給妳了，確認一下。」

「次長，現在是午休時間，吃完飯再做嘛。要不要吃蛋包飯？」

「我要去採訪。」

「妳是說 K-ON 行銷候選人金容萬先生嗎？早上業務報告的時候不是說改到明天下午了嗎？」

啊，是喔。迷迷糊糊的，江瑞嘟噥著。吳代理見狀面露擔憂，問她發生什麼事了嗎。雖然理應和同組的組員更新楊代理一案的進度，但光是想到要交代那些細節就覺得心累。

「沒事，也沒胃口。」

「我會讓妳有胃口的，跟我一起去嘛。」

吳代理用楚楚可憐的表情哀求，說那間是幾天前在這棟樓地下拱廊商店街新開的餐廳，味道、服務、氣氛各方面都是五顆星，一邊還攤開手心示意，但就算是五百顆星江瑞還是沒有食慾。結果五分鐘後人已經在猶豫要點菜單上的泡菜炸豬排蛋包飯還是明太子蝦蛋包飯了。

「點明太子蝦，那個不錯吃。」

不知何時出現的ＩＴ組張碩明次長拉開江瑞鄰座的椅子，邊坐下邊說。

「我要一個泡菜炸豬排。」

江瑞心裡的天秤兩端不相上下，多虧挑這個時間點介入的張碩明才能毫不遲疑地做出抉擇。在等候餐點上桌時，也沒人問張次長，他就逕自逐一列出這個月媒合成功的職位。從抽成率高的高階主管到自己掙得的獨家職位，創下零售組望塵莫及的業績。

「哇，ＩＴ組這個月很厲害耶。」

吳代理一表達羨慕，張次長便得意洋洋地繼續叨念自己做出的成績，但根本沒人好奇。江瑞愛聽不聽的，視線釘在手機上等待著楊代理的消息。

約莫在用餐完畢時跳出了一則新訊息。

不好意思，我放棄去新公司報到了。

「這是什麼？候選人反悔了？」

偷瞄江瑞手機的張次長在一旁火上加油。

「該不會是楊代理吧？」

吳代理或許早有所料，滿臉失落地問。江瑞點點頭，隨後按下手機的通話鍵走出餐廳。這次傳來的不是善良的機械人聲，而是楊代理的聲音。面對江瑞詢問放棄報到的理由，楊代理非常理所當然地回答因為要去條件更好的公司。

「楊哲鐘先生，這麼重要的事情只用簡訊通知是不是不太禮貌？而且在最終面談的時候，我明明有和您確認是否還有其他正在面試的工作，您當時回答沒有。現在這樣說不過去吧？」

「那我應該怎麼做？」

楊代理若無其事地反問，語氣裡沒有摻雜一絲愧疚不安。

「請自己打電話或寄電子郵件向帝元集團人事組解釋。」

因為是同一個產業，之後很有可能會在職場上再碰到，所以不能這樣草草了事，江瑞果斷地交代完後掛了電話。此時握著一杯冰美式從餐廳旁的咖啡廳走出來的張次長再一次戳了江瑞的痛處。

「都次長完全沒有發現嗎？妳是怎麼管理候選人的？當然要持續追蹤啊。」

討人厭。吳代理替江瑞斜眼瞥了張次長一眼，神情苦澀地嘟囔著。誰會想到像綿羊一樣溫馴的楊代理會陰險地腳踏兩條船呢？

✦
✦
✦

雞腿為什麼只有兩隻？如果只有兩個人就沒有這個問題。三個男人聚在曦東父親開的炸雞店裡，把兩隻雞腿恭敬地移駕到白色盤子上，呆望著橫躺的全雞心生同樣的疑問。

「我不是在否定禽類生物學上的性狀，就是長成這樣、進化成這樣還能怎麼辦。但就是不曉得神讓牠們只有兩隻腳的用意何在？」

張前輩率先開口。

「但祂給了翅膀。」

曦東誠懇地回應，接著用刀叉分解雞腿和雞翅，將兩隻雞腿放上前輩們各自的盤子，一隻雞翅放到自己面前。曦東看似無心卻細膩的手上功夫透出專家的氣息。

「好像原本有三隻腳的樣子，因為太重飛起來很累吧。」

「雞又不會飛。」

「因為太久沒飛了才飛不起來的。」

張前輩和曦東你一句我一句，一面扒開雞肉。

雞是屬雞形目雉科的禽類。安於陸地生活不再飛行後，狩獵能力及飛行能力退化的家禽，一生只替人類產卵，最後被端上人類的餐桌。

雲夢忽然對雞泛起一絲憐憫，原本可以飛卻喪失了飛行能力，對雞的退化感同身受，就像是自己的事一樣。

人類的保護網起初帶來安樂，只要在食糧充裕的養雞場裡以旺盛的生產力一年產下兩百多顆蛋便足矣，這和在綠門之家發揮天生的持家能力安逸過活的自己有什麼兩樣？雲夢的思緒徘徊不前。如果有一天自己跟退化的雞一樣，原本會做的事也變得不會做了該怎麼辦？想太多了，雲夢握著雞腿搖了搖頭。曦東直直盯著雲夢。

雲夢的思緒不斷茁壯。第一隻和人類同居的雞沒辦法預測遙遠的未來，對禽類的飛行本能有所遲疑，因而讓子孫們背負在人類的餐桌上結束一生的宿命。當然，最一開始的雞不會是出於自己的選擇才這麼做，而是向人類的力量屈服所致。不懂慈悲為何物的人們為了讓柔弱的雞隻不敢做飛翔的夢，拔掉牠的羽毛、折斷牠的翅膀、扭歪牠的脖子。

雲夢把重點放在自己安於綠門之家裡吃飽穿暖的生活上，即便家事勞動辛苦，但不可否認生活很安逸。

雲夢心想，要是自己哪天也沉浸於安逸中，完全沒注意到羽毛已經被拔光了呢？果然是想太多。雲夢握著雞腿再度搖頭，打算大咬一口卻又將手放了下來。然後以悲壯的神情釐清了想法。閉嘴，我跟雞不一樣！要不要在綠門之家待下來的選擇權操之在己，我也還能做夢，而且還有能飛向夢想的一對翅膀。翅膀……

「要給你翅膀嗎？」

「嗯？」

「剛剛不是在碎唸翅膀嗎？早點說嘛。」

曦東把裝了雞翅的盤子推到雲夢面前，接著一把抓起雲夢的雞腿大口咬下，發出「卡滋」的聲響。

「對了，綠屋怎麼樣？住得還行嗎？」

張前輩問道，雙眼瞪得像翻開童話書第一頁的小朋友一樣，如此問道。接著不等雲夢回答就大展想像的羽翼，接續說道：

「很久很久以前，綠屋裡住著兩位魔女和仙度瑞拉青年。」

「不是兩位魔女，是房東和瘋女人。不對，是房東和姊姊，還有不是仙度瑞拉，是田螺青年（註8）。」

曦東修正張前輩的話。

「好啦，隨便。綠屋的兩個女人、一個男人，這個設定要走愛情、驚悚、恐怖都可以。」

張前輩與曦東快速切換題材類別，並完成了故事梗概。

從兩個女人同時愛上一個男人，男人別無選擇只得離開的揪心愛情故事，發展成兩個女人共謀殺害男人，但是信不過對方最終害死自己的共犯心理驚悚片，轉而又變成死去男人的靈魂輪番附身到兩個女人身上復仇，故事走向難以預測。張前輩和曦東樂在其中，彷彿回到那段在話劇社辦公室徹夜腦力激盪、開懷大笑的日子。

雲夢雖然翹起嘴叫他們別胡扯了，但其實內心癢癢的。以為當年的熱忱、當年的夢想都化作塵埃看不見了，卻未然，它們躲在房間角落壓低姿態伺機而動。輕盈飛舞的塵埃現在打算團結一心刷存在感，甦醒的熱忱與夢想躍躍欲試，感知到心中某處漾起隱密波動的雲夢興奮了起來。

「這個怎麼樣？兩個魔女可以沒有飯吃，但不吃雞就活不下去，是奉行一天一雞的雞隻殺手。然而，世界上的雞都絕種了。某天綠屋來了一位無處可去的青年，兩個魔女提供食宿讓他住了下來。青年滿懷感激地住了幾天後才突然驚覺：『哦？腋下怎麼癢癢的？』一瞧才發現正在長翅膀；『頭頂怎麼火辣辣的？』一看才知道正在長雞冠。他變成一隻雞了！一個青年變成雞最後被魔女抓去吃掉的殘酷童話。」

因興奮而臉色漲紅的雲夢望著張前輩和曦東。

張前輩問曦東沒有配著吃的醃漬蘿蔔嗎？曦東站起來說他去拿。張前輩也握著見底的啤酒杯站起身來。

「雞隻殺手跟魔女的角色設定不新穎嗎？『世界上沒有白吃的午餐』的訊息也很明確啊！不對，還是要讓青年後知後覺發現自己其實可以飛結果成功逃脫，走成長敘事？

註8：因為雲夢的性別而將「田螺姑娘」改為「田螺青年」。田螺姑娘是流傳甚廣的民間故事，以諸多版本流傳於中國、朝鮮、日本與台灣等地。田螺姑娘在故事裡瞞著別人偷做家務，後用以比喻做善事不為人知。

像母雞飛出庭院一樣。」

雲夢跟在裝蘿蔔的曦東和倒啤酒的張前輩身後嘰嘰喳喳地說個不停，但沒有人回頭。

不一會兒蘿蔔和啤酒上桌了。

看著裝在碟子裡的方方正正蘿蔔塊，雲夢想起了綠門之家冰箱裡的辣醃蘿蔔，也自動聯想到他的最佳拍檔——連包裝都未撕開的火腿年節禮盒。今天晚餐就決定是辣醃蘿蔔炒飯了，與此同時張前輩的聲音傳入耳中。

「以為混在一起就不會孤單了……我以為。」

「誰？」

「就像這些蘿蔔。雖然浸在醋跟糖裡面，但只要還混在一起蘿蔔就不會孤單，那時候好像是這樣想的吧？」

「這哥在說什麼啊？」

曦東抱怨不知道張前輩想表達什麼。

「不能孤單啊，我不想看到我們之中任何一個人孤單的樣子。」

不曉得是不是口渴的關係，張前輩的聲音在顫抖。

那一瞬間雲夢突然聽懂了，胸口一把火燒了上來。

「他會這樣都是因為太孤單了，所以要我們原諒他？」

「我不是這個意思，雲夢。」

「原來哥早就原諒禹燦熙那個王八蛋了？為了叫我也原諒他才約我們出來的吧？可能哥家裡不缺錢所以覺得三千萬韓元很可笑吧，但我不是。哥是有錢人家的小少爺，所以被詐騙、被背叛還有心情在那裡扮好人吧，但我可不是！」

「你這小子真是的，我就說不是這個意思了！」

「因為哥的心頭肉，我的人生已經完蛋了！」

咚！

雲夢用手掌大力拍打桌面站了起來，同時翻倒了蘿蔔碟子，白皙的方塊們一一墜地。

「我只是想說那小子超級孤單而已。」

張前輩起身，這回輪到啤酒杯「框啷」一聲掉到地上，發出刺耳的聲響，褐色液體浸濕了白皙方正的蘿蔔塊，對要在父親出現前把環境整理乾淨的曦東來說情況並不樂觀，正打算說不能在這裡這樣卻為時已晚，終究迎來更棘手的局面。

「超級孤單又怎麼樣，那個王八蛋有說要去死了嗎？現在應該在某個地方嘻嘻哈哈吃好穿好吧？然後我呢！我變成落湯雞了！」

雲夢的吶喊讓曦東率先笑了出來。

「你還笑？臭小子……」

雲夢揪住曦東的領口，怒火延燒到比張前輩好欺負的曦東身上，曦東就算被人揪住了領口仍止不住笑意。

「哈哈哈哈，雲夢哥從剛剛開始就一直講雞怎麼樣的……雞到底何苦啊？雞……」

「閉嘴，臭小子！」

雲夢甩開東西似的鬆開揪住領口的手，曦東的笑容立刻不見了，結果這次換張前輩開始大笑。放什麼馬後砲？雲夢瞥了一眼張前輩，他還繼續笑，不曉得本人是不是也很痛苦，笑到快流淚了。看著張前輩詭異的模樣雲夢也迸出了笑聲，曦東也隨著雲夢笑了出來。最後三個男人都笑了。

張前輩已經被禹燦熙騙了兩次總共損失三千萬韓元。當雲夢激動地質問有錢人家的小孩是不是覺得三千這個金額很可笑時，張前輩也想一吐為快。一點也不可笑，自己還相信他賣掉股票會立刻還錢的說辭，於是把錢借給了他，結果他拿去投資虛擬貨幣把錢全賠光了，自己才是白痴冤大頭。吞下這番話的同時不禁笑了出來。

看到蘿蔔塊和火腿最先聯想到炒飯的雲夢，以及看著前輩們爭執最先擔心的是要打掃的曦東，將各自的苦澀昇華成了笑容。不是說人生遠觀是喜劇，近看是悲劇嗎？誰會理解從大白天就這樣聚在社區炸雞店的三個男子哭笑不得的人生際遇呢？

已經過了三個公車站。雲夢越過馬路搭上了這台往反方向的公車，儘管現在離家越來越遠了，雲夢卻渾然不覺，因為他的思緒被「家庭主夫」這個詞綁架了。

雲夢走出炸雞店時，張前輩說好久沒聚了，喝杯啤酒再走吧。曦東問雲夢是不是在家裡藏了蜜罐子那麼急著回去，一邊抓住他的手臂。雲夢說很忙又問到底在忙什麼，偏偏這時候脫口而出的是「要做辣醃蘿蔔炒飯」。曦東接道：「哥，趁這機會直接當家庭主夫了啦。」張前輩則說：「雲夢應該會做得很好。」

「家庭主婦（夫）」負擔一個家庭的生活家務，是個需要具備十分純熟的技術和專業知識的職業。不需取得證照或通過考試就能入門，絕大多數沒有薪資報酬。家庭主婦大概可以適用以下定義：通常作為「大嬸」、「媽媽」或「妻子」的同義詞使用，總是被要求承擔過多責任、過度犧牲。

尤其是大韓民國的男人，若非有不得已的苦衷幾乎不可能、也做不來的就是家庭主夫。「但卻叫我當家庭主夫？還說應該會做得很好？」雲夢淡淡地笑了一下，被笑浸濕的心情就像吸水變重的棉花無止境地下沉。「為什麼呢？家庭主夫算什麼……」

「瑛禹！媽媽來了。」

站在玄關處的江瑞連皮鞋都還沒脫就張開雙臂大聲呼喊。

「瑛禹在遊樂場。不過妳怎麼也沒先說一聲就在這個時間跑來？」

從廚房傳來正心的聲音。

「今天工作比較早結束。媽，就說由妳來接送瑛禹上下學了，妳又交給金老師？」

江瑞走向廚房一邊抱怨。

「瑛禹叫外公去接她呀。」

正心正在剝的芒果是金老師的學生寄來的，她邊說很甜邊把一塊芒果丁遞給江瑞，還說這位已經畢業二十年的學生每年五月都會寄水果或黃花魚乾來。「這年頭誰還惦記教師節（註9）呀。」看得出來正心甚感欣慰。江瑞明白，她在稱讚學生品行的同時，也想表達金老師是位受到學生尊敬的師長。

金老師是正心的新丈夫，江瑞的繼父。正心再婚已經是六年前的事了，但對江瑞來說「爸爸」或「繼父」叫起來都很彆扭，因此才稱呼他為「金老師」。正心也是，跟瑛禹或金老師在一起的時候偶爾會穿插著叫他「老公」，但主要還是稱呼「金老師」居多。這是再婚的母親能為女兒做的小小體貼，對此金老師也欣然同意。

正心和金老師是在區廳的文化中心聽藝術字體講座時認識的。金老師是一名很受大嬸學員們歡迎的紳士，外表乾乾淨淨、親切謙遜又細心體貼。大嬸們平時和退休待在家裡吃三餐的頑固老公朝夕相處，為了能偶爾看上金老師一眼，享享眼福，藝術字體的講座總是座無虛席。

因為大嬸們過多的關注倍感壓力的金老師經常坐在安靜又溫順簡樸的正心旁邊，導致正心受到不必要的誤會，成為大嬸們嚼舌根的對象，金老師對此幾番向正心表達歉

註9：韓國的教師節是陽曆5月15日，取自被稱為「民族之師」的世宗大王誕辰日。世宗大王任內創制訓民正音，使原先由漢字記載的知識能透過相對淺顯易懂的諺文（即俗稱的韓文）系統普及。

意。從抱歉到沒關係，然後變成了感謝。就在他們滲進彼此的內心，逐漸想依賴對方、成為對方能夠依靠的存在的時候，金老師先表白了。正心回以謝謝，兩人順利結為連理。

正心再婚兩個月後瑛禹出生了。正心想把沒有父親的孫女瑛禹遷入自己的戶籍。她希望至少能讓江瑞避免被貼上未婚媽媽的標籤，也認為為了江瑞的未來著想理應這麼做。於是正心鼓起勇氣開了口，金老師這次也是欣然同意，正心再度心懷感激。

金老師膝下有兩男一女，正心考量到他的子女可能對此事抱持不同意見，因而慎重地處理。金老師反倒覺得孩子們都大了能養活自己了，在這個時間點父親的戶籍上多了一個小妹妹的名字還能有什麼問題。

「但要是想找碴，這件事的確很有爭議，所以充分討論過後再決定也不遲。」

「如果妳這麼想那我們就這麼辦吧。」

於是金老師寫了封長篇電子郵件，寄給遠在澳洲和新加坡的兩個兒子還有在加拿大的女兒，兩男一女爽快地答應了。

不曉得是尊重父親的意願，還是因為父親和正心再婚的時間點財產分配已經順利進入尾聲了，所以有沒有這個小妹妹不會帶來任何影響。總之兩男一女爽快的回覆令正心的心情輕鬆了不少。

在那之後每當面臨需要抉擇的時刻，不論事情或大或小，金老師永遠都是那句：「這樣做妳心裡比較舒服的話，我們就這麼辦吧。」金老師唯一的判斷基準就是正心的心舒坦與否。

「瑛禹要當我女兒，我要當她媽媽。怎麼輪到媽出頭了！」

江瑞踩下煞車。

「我都是為了妳好！妳去過妳想要的生活，不要被瑛禹拖累了。」

江瑞和正心為此事吵了很長一段時間，金老師介在她們母女倆之間負責仲裁了好一陣子。

這場勢均力敵的戰役以江瑞被判定勝利劃下句點，金老師高舉江瑞的手讓瑛禹入了江瑞的戶籍，條件是有一段時間固定由正心和金老師負責照顧瑛禹。一開始江瑞堅決要自己帶瑛禹，金老師一一列舉江瑞獨自兼顧育兒和工作的難處試圖說服她，可惜並不管用。

「不是有句話說『放到眼裡也不覺得痛』嗎？等妳到了我這年紀就知道，每個有生命的小東西都惹人憐愛。這樣也可愛那樣也可愛，瑛禹在我們眼裡就是這樣。她不管是哭了還是大便了，做什麼都很棒，我們都覺得很開心。給我和正心一點時間跟瑛禹相處好嗎？」

他鄭重提出請託。

與正心主張的「為了妳好」不同，這次江瑞動搖了。缺乏育兒能力的未婚媽媽將新生兒託付給娘家母親時，勢必會感到千萬噸的重量，然而金老師「因為瑛禹太可愛了，想跟瑛禹一起相處」的一席話中隱藏的魔法讓那份重量瞬間輕如鴻毛。

「芒果好吃欸。」

「這要給瑛禹吃的。」

芒果已經切成適合瑛禹食用的大小，正心輕柔地打掉江瑞在動叉子的手。

「幹嘛？孫女比女兒重要嗎？」

「這還用說嗎？」

母女倆輕瞥了對方一眼，笑了出來。

江瑞的手機跳出收到禮券的通知，寄送人是成功跳槽到中堅連鎖餐飲集團L社負責內容行銷的徐智羽。和大部分想換工作的人一樣，她也想轉移到更好的環境提升自己的價值。每當出現合適的職缺，江瑞都會推薦徐智羽，不過她卻屢遭淘汰。屢次收到未錄取的通知後徐智羽也日漸疲乏，對基本學經歷頗亮眼的她來說，感到不知所措也是在所難免的。每到這時候江瑞都會親自致電，提供有用的諮詢，而不是寄封通知郵件草草了事。面對在最終面試被淘汰而萬分沮喪的她，江瑞給予了指點，保留把眼光降低一點會更好的建言，陪她一起修改自傳，建立互信。求職期拉得比預計還長，使她開始焦慮，江瑞看準時機，建議她跳槽到中堅企業L社。

「年薪跟現在相比沒差多少，但他們在找有當組長潛力的人。雖然不是大企業，但公司內部的工作文化沒什麼問題。」

江瑞想藉著強調L社非權威型的公司氣氛來打動她，但偏好大企業的徐智羽仍不滿意，加上年薪會在原地踏步的話，還有跳槽的必要嗎。

「我知道大家都是為了想提高身價才考慮跳槽的，會有薪水差不多的話就沒必要換工作的想法也是正常的。但是妳一開始告訴我的是妳想換個環境，想在新的地方和新的人共事。」

「是的。」

徐智羽點了點頭。討厭現任公司裡倚老賣老的老頑固們總是將「加班是理所當然的」、「追求工作與生活達到平衡是小孩子不懂事在發牢騷」之類的話語掛在嘴邊，也討厭笑著將自己的本分悄悄推給別人的公司文化。「遇到不合理的事情就忍氣吞聲」、「不爽就離職」，徐智羽想給說這些話的人好看。倘若在市中心的大廈叢林裡遇到他們，想在他們眼前晃著大企業的員工證，遞出名片炫耀一番。

江瑞不是不懂徐智羽的心情，但即便如此也不能任由時間流逝，必須提醒她最初決心離職時是抱著什麼樣的心態——新的人和新的環境。

「這裡絕對準時下班。這是公司負責人的經營思維，所以不會視組別有不同的標準或每換一個專案就改來改去，準時下班是鐵則。」

「真的嗎？」

見她的語氣流露出興趣，江瑞更進一步列舉公司建築物裡有健身房，提供最完善的員工福利，包含接駁車和三餐，保障自主進修的時間。聽完徐智羽對L社的好感大幅提升。

一個月後，成功跳槽的徐智羽傳來適應良好的消息，一併附上媲美酒店水準的員工餐廳午餐照片。滿兩個月時還更新近況，說她所屬的組別氣氛和樂融融，負責的專案更是完美，從舉起大拇指的表情符號可以得知她的滿意度非常高。然後轉職滿三個月的今天，江瑞收到她送的口紅。

我人生的救星！擦這個讓妳天天美麗四射^^！

江瑞讀著電子小卡上的字句臉上不自覺漾起笑容，感到十分欣慰。一整天下來因為楊代理而積聚的壓力烏雲瞬間消散，「原來智羽小姐過得很好，反而是我很感謝妳」，江瑞一面輸入訊息一面想：「還說是救星咧，這稱讚太浮誇了。我不過是媒合求職者和徵才者，再從中收取手續費罷了。」

此時有人打開玄關門，瑛禹牽著金老師的手走了進來，笑著對江瑞揮揮手。金老師一邊替瑛禹脫運動鞋，一邊用眼神穩重地和江瑞打招呼。活潑的孩子和深情的老紳士，江瑞從他們身上見證了小小的神的存在，真正的救世主的長相。

吃完晚餐和飯後水果、洗完碗，一邊唸童話書一邊分享生活，為辛勞的一天收尾的一家四口，他們身上看不出一絲缺憾。這裡沒有無父之子、無夫之婦、沒有女婿的父母。

晚上正心和金老師換了身輕便的服裝出門散步，江瑞把大概是睏了所以哈欠連連的瑛禹帶去浴室洗澡。瑛禹那宛如蕨類幼葉般的雙手相互搓揉，一面製造泡泡一面問道：

「媽媽為什麼不叫外公『爸爸』，要叫『金老師』啊？」

「因為外公是學校老師啊。」

年幼的瑛禹有辦法理解叫不出「爸爸」兩個字的原因嗎？

「雖然是外婆的老公但不是媽媽的爸爸。生下媽媽的爸爸因為交通意外過世了，所以金老師變成媽媽的繼父，但是媽媽……對媽媽來說金老師永遠都是金老師。」就算這樣解釋瑛禹還是不會懂的，等到瑛禹十歲再告訴她吧。

「可是媽媽……」

瑛禹邊搓弄小手邊支支吾吾。

「怎麼了，女兒？」

「沒有啦。」

「怎麼了？媽媽很好奇，趕快跟我說。」

「睡一個晚上再走。」

「就一個晚上？媽媽打算睡十個晚上再走耶？」

「嘻嘻，騙人……」

江瑞在替洗完澡的瑛禹擦乾身體、吹頭髮的時候，一直聽她訓話。江瑞是說好要買給瑛禹畫了鯊魚寶寶的水杯、企鵝朋秀玩偶、軟爛軟爛的史萊姆玩具組合，卻沒有一樣兌現的大騙子。明明只要說「媽媽有嗎？下次一定會遵守約定，對不起。」就可以解決的，結果卻說了「唉，媽媽真難當」，真是的！

瑛禹靜靜盯著江瑞的眼睛，跑到江瑞背後用兩隻小手開始揉捏她的肩膀。

「我來幫妳，媽媽。」

江瑞含著眼淚。幸好瑛禹是在江瑞的背後，不然被她發現媽媽不只是個大騙子還是個愛哭鬼的話，這個媽媽就當得太窩囊了。「哇，媽媽現在開始一點都不累了」，雖然想這麼說，但怕說著說著眼淚會跟著流出來，於是沒能說出口。

星星和月亮好亮，貼在瑛禹房間天花板的夜光貼紙用盡全力發光。這些貼紙是載英說自己在路上隨便撿的，要她送給瑛禹。瑛禹不曉得是不是睡不著，鑽進了江瑞的懷裡。

「要媽媽唱搖籃曲嗎？」

「不要，我想看鯊魚寶寶。」

「不行，晚上看那個會更睡不著。」

「誰叫妳不買鯊魚寶寶杯子給我。」

「只能看五分鐘！」

江瑞打開摺疊式手機。五分鐘，再五分鐘，不知道經過了幾個五分鐘，當不小心睡著的江瑞再度睜眼時，瑛禹已經安穩熟睡。江瑞親了一下瑛禹的臉頰、拍拍她的胸口後，悄悄地打開房門走了出來。

將瑛禹的衣服和浴巾投入洗衣機的江瑞想起還有一件事的答案也要等到瑛禹十歲才要告訴她。瑛禹五歲的時候，江瑞唸給她聽的童話書裡有個由三隻熊組成的家庭，當時瑛禹這麼問：

「媽媽，瑛禹的爸爸什麼時候才會來？」

心臟「咚」一聲下墜，既不是「瑛禹的爸爸是誰？」也不是「瑛禹為什麼沒有爸爸？」

「爸爸還很忙嗎？」

「嗯，等瑛禹再長大一點爸爸就會來了。」

因為不能回「對不起，但是瑛禹沒有爸爸。不對，有是有……應該在某個地方但媽媽也不知道那是哪裡」，只好用「等妳再長大一點」的模稜兩可字眼含糊帶過。

江瑞努力想找出向瑛禹解釋爸爸缺席的最佳理由。在寫著所有想得到的可能性的紙張越堆越高的同時，她領悟到無論給瑛禹什麼樣的答案，都無法避免讓她受傷。因此江瑞能夠盡力做到的，就是將瑛禹拉拔成一個心臟強壯的孩子，期望某天「再長大一點」的瑛禹聽到江瑞的答案能少流一點淚。

和金老師散完步回到家的正心叫江瑞早點回去休息，從冰箱裡拿出提前裝好的小菜桶。

「我要陪瑛禹睡一晚。」

「明天不去上班嗎？」

「要啊。」

「穿這樣去？別人都會知道妳沒回家。」

那又怎麼樣。江瑞望著正心。

沒有丈夫獨自撫養孩子的女人在外過夜會引發人們各式各樣的負面聯想，提前料想到他人不健全的想像和流言蜚語的正心用擔憂的眼神看著江瑞。

「現在都什麼年代了沒有人會在乎這些，大家對別人的事才不感興趣。」

「還是要換一套衣服再去上班。」

正心邊將小菜桶交到江瑞手中邊推了她的背一把，江瑞說要再待一下，把身體深深埋入沙發。

✦ ✦ ✦

抓一把醃透的蘿蔔塊大力擠出湯汁，切成適當的大小後用紫蘇油簡單炒過。用沸水稍微燙一下火腿去除食品添加物，雖然麻煩但至少要做到這樣才不會對身體感到那麼內疚。把方方正正的火腿塊和蘿蔔塊擺在一起，又覺得看上去有點空虛，於是打開冰箱裡的蔬菜儲存格，半袋獅子唐辛子映入眼簾，把它們大塊大塊地切好放在火腿塊和蘿蔔塊旁邊，補齊綠色的元素，一切完美。平底鍋裡和冷飯一同投入的食材們正朝著恰到好處的美味炒飯邁進。最後關頭雲夢覺得調味似乎有點清淡，猶豫了一下要不要補一匙蠔油，但為了減輕身體的負擔決定謝絕味精。不能因為一匙蠔油讓前面特別川燙火腿的苦工都付諸流水。

精心製作了炒飯卻沒有人回家。要回家不回家傳個訊息很困難嗎，都沒有顧慮到在家做飯的人的感受。雲夢就像等待老公回來的女主人般抱怨道，一面把炒飯當作下酒菜，乾了一罐啤酒。

超過晚上十點載英才回來。

雲夢問滿臉疲倦的載英要不要吃炒飯，載英先是回答「沒胃口」，又改口說「要不然吃一口？」結果抱著整個平底鍋大嗑了起來，吃個精光後又怪雲夢「幹嘛煮這麼多？」雲夢望著連一顆飯粒都不剩的平底鍋反問：「誰叫妳全部吃完了？」

「江瑞姊今天加班嗎？」

「姊叫得很順耶？」

「不然要叫什麼？」

吃飽就開始發神經了。不然要叫她瘋女人的朋友嗎？雲夢只用眼神表述，載英卻像會通靈一樣聽見了雲夢的心聲。

「也是，總不可能叫她『瘋女人的朋友』。江瑞回娘家了，今天不會回來。」

「喔，那就等明天早上再進廚房了。」

「哇，你跟全職主婦沒兩樣了耶？」

載英對於雲夢不是講「做飯」而是「進廚房」感到吃驚。載英表示「進廚房」是要有二十年以上家庭主婦或家庭主夫經歷的老手才會使用的詞彙，臉上流露敬意。雲夢在她走進房間之後還一直想著「家庭主夫」一詞。

這是與沒有收入或收入不穩定的學生、自由工作者、失業人士同屬一個類別的職業，難以保障穩定的收入，由於並非做多少事就能獲得多少回報，所以有很多人會身兼數職。承上所述，若將其當作全職，未來會非常沒有保障。投入這一行的大多是女性，雖然近年來男性留職停薪或辭職在家照顧小孩的個案有增加的趨勢，但通常是有限期的，不會全職投入。

總結來說家庭主夫與自己有一段相當大的距離，卻在一天之內聽到兩遍一樣的話，使得雲夢不得不好好思考自己和家庭主夫的交集為何。

是經過自己和他人認證的持家能力嗎？

在尋找交集的時候，雲夢開始想要否認自己受到與生俱來的縝密個性以及後天環境的影響自然養成的能力，內心湧起一股對神的不滿。

「神啊，為什麼賜予我我一點也不想要的能力呢！為什麼賜予想做話劇的小孩沒用的記憶力，讓我考上首爾大學去念法學院，還附贈沒用的打理家務能力，要一直聽別人叫我家庭主夫呢……」

洗著碗的雲夢丟下菜瓜布。平常的他會把平底鍋刷洗個兩到三遍直到完全沒有油汙，但是今天只用水隨便沖一下。

睡不著的雲夢想到頂樓有江瑞的菸。他是在軍隊裡第一次學抽菸，當時守在江原道第十二步兵師團前線崗哨的雲夢正在對抗寒冬雪夜的孤寂，上級遞菸給一等兵雲夢，說這是會帶雲夢上天堂的味道。倘若對方不是上級，雲夢就會嘲笑他或是飆髒話了，但區區一等兵能做的只有雙手恭敬地接下白晃晃的香菸。過了幾秒，出乎意料的奇蹟發生了，香菸真的有來自天堂的味道。

退伍後不能再嚐那來自天堂的味道，於是戒了菸。可是今晚不知道為什麼突然又想起了它。

頂樓不見香菸的身影。下了樓打算去便利商店的雲夢打開了家裡大門，和一隻黑狗烏溜溜的眼珠子四目相交。那隻狗是杜賓犬，但沒有吠叫，甚至連低吼都沒有。只是用一雙溫和的眼珠子直勾勾地望著雲夢。

「牠叫順子。」

「什麼？」

「我住在隔壁，是順子的爸爸。」

看上去五十幾歲的順子爸爸說這段日子以來一直沒機會打招呼，朝雲夢走近一步問他是兩位小姐中哪一位的伴侶，雲夢嚇了一大跳，只回答是認識的弟弟。順子爸爸露出淺淺的笑容，說所謂認識的弟弟其實都不是那麼單純的關係。雲夢又被嚇到後退了一步，感到背脊發涼。雲夢發射充滿戒心的目光暗示他不要管鄰居的閒事。

「最近這一帶很亂嘛，我想說帶順子在附近繞一繞，看看有沒有什麼可疑人士。」

這樣的你更可疑好嗎？半夜以遛狗為由到處亂晃是想幹嘛？雲夢抽動眉毛。

「以後碰面打個招呼吧。」

順子爸爸露出白齒一笑，雲夢在他打開隔壁家大門走進去後，仍在綠色大門前站了許久。他想起那天第一次踏進綠門之家，江瑞拜託自己像擺在玄關的皮鞋一樣待著。本來的任務只是當一雙皮鞋，這段期間究竟都做了什麼，沒事彰顯存在感搞得現在自己跟「家庭主夫」一詞過不去。就做雙皮鞋吧，再次確立自我認同的雲夢忽然打消抽菸的念頭了。

清晨早早醒來的雲夢聽到外頭有動靜，打開房門後只見江瑞正在把小菜桶塞進冰箱。雲夢打算裝作沒看到關起房門，但看她提著大泡菜桶吃力的樣子，實在無法裝作不知情。

「起得很早嘛？我媽給了水泡菜。」

雲夢走到江瑞身邊，打開泡菜桶舀了一匙試試味道。

「在室溫多放一天左右再冰冰箱會更入味。」

呃啊！又是這種很像資深家庭主婦的發言，雲夢顫抖了一下。

「啊對，我媽也是這樣說的，是我忘記了。」

江瑞把裝著炒花生和炒魷魚絲、櫛瓜等等的小菜桶都塞進冰箱一邊說道。

「炒魷魚絲跟海帶芽湯是絕配。」

這是在叫雲夢煮海帶芽湯的意思。

先泡水讓乾燥海帶芽膨脹，但冰箱裡竟然沒有煮湯用的牛肉，想說用蛤蜊肉取代但冷凍庫裡也沒有，於是雲夢決定用紫蘇籽粉代替。用油翻炒了一下泡開的海帶芽和大蒜後加水煮滾，最後加入一匙紫蘇籽粉和鮪魚魚露收尾，清淡的海帶芽湯就完成了。這是雲夢在外獨自生活的時候大姊恩英傳授給他的超簡單食譜，這不僅抓住了大姊雙胞胎女兒的胃，現在也擄獲了江瑞。

吃完飯後江瑞把餐桌上的白色信封推到雲夢面前。

「原來已經過一個多月了，不知道要包多少才好，就參考給家事阿姨的時薪再多放了一點點。」

雲夢不知該如何反應。要說是給朋友弟弟的零用錢，雲夢早就過了收零用錢的年紀；要說是做那點家事的酬勞，雲夢才應該報答讓自己有安定居所的江瑞。

「這錢我不能收。」

雲夢揮手謝絕，把信封移到江瑞面前。

「我本來也覺得我們的關係不適合有金錢往來，但決定不這麼做之後反而更奇怪了。」

江瑞又補上一句。

「這是勞動理應換取的報酬。」

江瑞出門上班後，雲夢反覆咀嚼「勞動」與「報酬」兩個詞。咬碎吞下再反芻，不停深思。這當然是對至今付出的辛勞的回報，並且包含了會繼續期待後續表現的涵義。重要的是「後續」。

雲夢感到心煩意亂。不但心生「這該不會是雞飼料？」的疑惑，打算以皮鞋之姿過活卻朝主夫之路前進的不安也同時湧上了心頭。信封挺厚實的，會是綠色還是黃色（註10）呢？雲夢稍微撐開信封，從金黃色波浪間看見申師任堂正在微笑。

註10：現行韓國紙鈔中，黃色紙鈔的面額是五萬韓元，上頭印有申師任堂肖像。綠色紙鈔的面額則是一萬韓元，上頭印有世宗大王的肖像。

第四章

頂樓房的反派角色

「妳說雲夢在做什麼？煮飯、洗碗、洗衣服？」

珉英一臉不可置信地看著載英。

「飯是飯鍋在煮，衣服是洗衣機在洗吧？」

「具載英！妳瘋啦？」

珉英勃然大怒。

「要吃水拌生魷魚嗎？」

載英用下巴比了比遠處海浪生魚片店的招牌。雖然語尾掛了一個問號，但其實沒有在詢問意願或徵求同意的意思。唰唰！海浪奔湧而來，打在石頭上散成白色浪花。

恩英和淑英十分鐘後會到，載英點了四個水拌生魷魚。珉英加點了一瓶燒酒，在水拌生魷魚上桌前就喝個精光。

「媽要是被嚇暈怎麼辦？」

「不然我該怎麼做？這是雲夢自己的事。」

「雲夢的事就是妳的事啊。」

「所以我才說真希望那小子跟我無關。」

也許到五歲前都還是幸福的，因為那時雲夢還沒出生，載英是眾多女兒的家庭中的老么，集整個家族的萬千寵愛於一身。可惜載英沒有那個時期的記憶，因此可以說她幾乎沒有幸福的記憶。

「我啊，常常覺得很混淆，到底我存在是為了我自己還是為了雲夢。媽打給我就問雲夢過得好嗎？我的近況一句也沒問只講完雲夢的事就掛掉了。姊姊妳們以為自己就不是嗎？來江陵站接我劈頭就問雲夢在哪？」

瑟縮的珉英撅起嘴、視線朝下，暗示著她不曉得該說什麼話來安慰載英，但也摸不透載英會如何去分析這個舉動。

「妳好像有很強烈的受害者心態。」

「不是受害者心態是真的被害死了。」

害死了。兩姊妹不約而同想起了春日的李子。

那天是爸爸的忌日，當時載英十五歲、珉英十七歲。雲夢出生那年的夏天，剛斷奶的小狗李子鑽進載英的懷裡，四位少女從早到晚都黏著李子不放，給牠滿滿的愛。尤其載英光顧著和李子玩耍，學校遲到早退是家常便飯。叫西瓜或蘋果都不會回頭，但只要叫李子就會豎起耳朵飛奔過來的天才小狗李子就是載英的全世界。

那年秋天，隨著雲夢出生，載英遭到冷落，李子幾乎可以說是被冷凍了。由於雲夢的奶嘴成了李子最愛的玩具，被惹怒的張金頤女士用掃把追打李子已經不是新鮮事了。越是這樣載英越是和李子成為生命共同體，只能更加埋怨雲夢。

「被我抓到了吧，今天就是你的忌日！」

「今天為什麼是我的忌日，明明就是爸爸的忌日。」

十歲的雲夢瞪大眼睛頂撞載英。

「你在跟誰頂嘴啊？我的英文書為什麼在李子家？你以為我不知道是你藏的嗎？」

「妳有證據嗎？」

「有！我的直覺就是證據！」

載英揪住雲夢的頭髮。「放開我！妳還不放開！」這場姊弟間的肉搏戰貌似以載英的勝利收場。

「是妳先刮我臉的……」

雲夢擠出雞屎般的眼淚一邊嘟噥。

「哈，所以你是在報復嗎？現在才肯從實招來。我沒事會刮你嗎？因為你沒教養才會刮你嘛。不過你剛剛叫我什麼？敢不叫姊，在那邊妳來妳去的呀？」

「那是因為姊妳，不對，姊……」

因為話語逕自打結而變得煩躁的雲夢發怒大喊道：

「我到底做錯了什麼！」

「你的出生就是個錯誤！」

載英再度抓住雲夢的髮梢，這時房間門被打開，張金頤女士登場。她的手裡握著應該擺在祭祀桌上的明太魚乾，魚乾毫不留情地落在載英的背上。

「具載英！妳在想什麼？每天都欺負妳弟，好端端一個女孩子在哪裡學這些有的沒的……」

張金頤女士瞪一眼載英，輕撫雲夢的背把他領了出去，雲夢還不忘回頭，吐出舌頭露出惡魔般的笑臉。因為半途殺出的伏兵吃了敗仗的載英心想，今晚要是爸爸回來的話，要拜託他把雲夢那小子帶走。

然後那晚珉英看見了。趁著祭祀結束大家都睡著後，雲夢懷裡抱著什麼東西走向李子的窩。

隔天早晨，珉英在院子裡搖呼拉圈時，載英緊抓著下腹，幾乎是拖著身體走來問珉英：

「上次在超市買超多的，怎麼沒了？姊妳們把我的都用完了嗎？」

「不是我，應該也不會是姊姊，她們因為減肥月經不順。」

瞬間想起什麼的珉英視線轉向李子的窩，載英也跟著看了過去。載英闊步走向李子的窩，探頭進去接著大喊：

「啊——王八蛋！」

珉英跑了過去，狗屋裡頭四散著被李子咬爛的衛生棉碎片。

雲夢低下頭。這回有目擊證人的明確證詞，即便是張金頤女士也無法袒護雲夢。大家都在看殺氣騰騰的載英的臉色，面面相覷地抿著嘴。

太過輕率的復仇捅下無法承擔的婁子，雲夢直到搬進明星私立高中的宿舍前都得替姊姊們跑腿買衛生棉。這件事如果就此劃下句點，就不會發生讓載英痛心的事了。

「啊——王八蛋！」這句話並不是對李子說，而是對著雲夢說的，但李子卻離家出走了。院子裡忙著上演訓斥戲碼，沒人看見李子跑出去了。深夜去倒飼料的載英將李子不見的消息告訴家人，全家在社區裡徹夜徘徊焦急地喊著李子的名字。載英穿越大馬路，進軍到隔壁社區，超市婆婆一邊摸著自己的膝蓋一邊對載英說：

「妳是說這麼大隻的白狗嗎？剛才在超市前面晃來晃去，我就給牠一根香腸。牠咬了香腸就走，後來那邊傳來『砰』一聲，一台黑色的車很快從這前面開過去。我想牠應該是被車撞了，但是我膝蓋這樣又不能走去看，偏偏連一個路人都沒有。」

載英朝著婆婆指的巷子直奔而去，在那裡找到被車撞死的李子。

載英抱著李子走進院子，李子和載英的胸口滿是血，時間是凌晨一點。從此以後每到爸爸的忌日，載英拜拜完便會走到院子，在曾經是李子的窩的地方放上一根香腸替牠祈福。起先載英還曾怪罪爸爸，自己明明是請他帶走雲夢為什麼要把李子帶走，但隨即便感到愧疚。是因為自己求了不該求的，才會失去最珍惜的東西。

在海浪生魚片店裡，載英和珉英一面哀悼著李子一面飲盡杯裡的酒。

「我們講到哪裡了？啊，受害者心態。總之我們都是媽的女兒，雲夢又是媽人生的全部。」

珉英斟滿酒杯推到載英面前。

「所以說我們全都是受害者啊，媽、姊姊們、我還有雲夢。沒有加害者全都是受害者。」

載英一口乾了燒酒。

「沒錯，媽媽擔心斷了家族血脈而戰戰兢兢的人生很悲慘，作為小兒子出生在滿是女兒的家庭裡的雲夢人生也痛苦，被媽媽逼著替雲夢擦屁股的妳也很累，但這都因為我們是一家人啊。」

「妳們打算以家人之名綁著他到什麼時候？」

「欸欸欸，妳聽妳自己在說什麼，綁什麼啊，那麼可怕！」

「妳們都巴不得雲夢趕快當上檢察官或法官不是嗎？有的時候姊比媽還要過分。」

珉英的老公也就是載英的姊夫——趙女婿，他的表弟申先生和雲夢同年。雲夢錄取首爾大學的時候申先生錄取了外縣市的國立大學，雲夢徬徨的時期申先生在念書，雲夢進入首爾大學法學院同時並行家教打工和話劇活動的時候，申先生還是在外縣市國立大學的法學院埋頭苦讀，然後現在他即將要被任命為檢察官了。明明不是自己的孩子，珉英的婆婆卻洋洋得意，問珉英親家公子有沒有好消息，還嘆息親家母肯定憂心忡忡，以一張笑臉不斷刺激珉英。

「對啦！我就是想靠雲夢爭口氣，想要臭屁地跟婆家說我弟弟當上檢察官、法官了。怎樣，這有錯嗎？」

「嗯，錯了。具珉英妳真是庸俗。」載英心裡默唸。

「所以妳發現雲夢在進出大學路的時候就應該要阻止他了，要當檢察官、法官的人說要搞話劇，妳難道不知道媽會有什麼反應嗎？都是因為妳睜一隻眼閉一隻眼才會走到今天這個局面。」

「妳看，又是我的錯了？」

一股熟悉的無力感襲來。載英提高嗓門。

「我叫他先去當兵，爭取時間好好思考自己的人生，以為他退伍以後會乖乖回去念書，我怎麼知道他會變成那副德性？我還得帶便當跟在他屁股後面阻止他嗎？我到底要怎麼做才對？機……」

載英好不容易將差點脫口而出的「車」吞了下去，卻足以讓珉英聽懂了，她可是被小自己二十幾歲的學生們叫「機車死班導」的高中女校社會老師。

「機什麼？」

珉英雙眼圓睜。

幸好恩英和淑英即時抵達，不然珉英平時光是聽到「ㄐ」掃過耳朵就會開罵，那威力足以在一分鐘內把學生們的靈魂擊飛到仙女座星系，載英差點就要親身體驗了。

一登場就吵吵鬧鬧的雙胞胎姊姊們說自己被導航引導到奇怪的地方才會多繞了好一陣子，她們迅速解決冰塊都已經融化、變得溫溫的水拌生魚片後，開始研議身為姊姊的她們該怎麼做才能幫助活到三十歲還不成材的雲夢改變及成長。就如同所有的討論，在提出有建設性的方案前都少不了損人幾句。

「都是因為媽和我們把雲夢捧在手掌心養才會變成這樣。」

淑英這麼說，看似在自我反省實則是拐個彎罵張金頤女士。

「養？那怎麼會是養？是服侍吧。」

載英附和。

「這樣說也對，但是雲夢自從懂事之後也很聽我們的使喚啊。都會揹姪子們，媽生病臥床的時候家裡的大小事也都是雲夢在操持。而且多識相？舉一反三，我們一開口他就知道我們需要什麼。」

心善的恩英輕輕地說出對雲夢最客觀的評價。

「享受那些好處的都是姊姊妳們喔，我什麼都不欠他！」

載英怒火中燒。

「妳哪裡不欠他……最常刁難他的就是妳啊？」

面對珉英的指責載英無法認同也發不了火。

載英灌下一杯燒酒，想起這次具家姊妹聚會的目的。大姊恩英尚未向母親通報雲夢寄居在綠門之家。母親結束濟州島步道健行返家後，又說要去體驗寺廟生活，跑到寧越的一座庵閉門不出。現在又掉入山友會大嬸們的圈套，正在攀登雞龍山，說要去詢問道士雲夢何時會當上檢察官或法官。

這期間她們打算把玩樂的雲夢包裝成認真讀書的雲夢，在經濟許可的範圍內各自拿出一點錢資助雲夢的住宿和生活開銷。三位姊姊要求載英以付出勞力和心力取代金錢，畢竟剛好住在同一個屋簷底下，要她以勉勵和支持雲夢為名行監視之實。載英就是為了回絕這個累人的任務才會搭上回江陵的ＫＴＸ，是時候該坦白了。

「妳們看那邊。」

載英的視線落在從生魚片店大窗戶望出去的蔚藍海洋上，三位姊姊也跟著看過去。海浪來勢洶洶地奔湧而上，又再度碎成白花花的一片。

「大海是海浪跳舞的舞台。大海不會著急，也無所求。不管海浪做什麼，大海都只是靜靜地等待。我們如果是一家人就應該做到像大海一樣。」

妳是在講什麼？三位姊姊睜大眼睛，用「總和連續劇編劇熬夜工作，終究是熬到腦子壞了」的眼神望著載英，載英無視她們的眼光繼續說：

「雲夢是正常的成人了，不是小孩！就由他去吧，我們不要再那麼關注他了，這樣他才能喘口氣，這就是我今天找妳們見面想說的。」

載英成功封印姊姊們的嘴，短時間內不會有和雲夢有關的消息傳入張金頤女士的耳裡。載英本人也宣誓會停止關注雲夢了，因此即便在同一個屋簷下也要各過各的。載英原本是如此打算的……

看著雲夢蹲坐在地擦拭灰塵的背影，她突然一陣心酸。明明不需要去仔細端詳的東西為什麼要去看？明明可以不必付出的辛勞為什麼要去做？載英彷彿看見小時候母親的背影，若要說有哪裡不一樣，那就是母親會抓起姊姊們掉落在門檻處的長髮，叨念著要姊姊們把頭髮綁好，不要披頭散髮。但是雲夢就像在進行沉默修行般安靜，只有手在動作。

「我去了一趟江陵。」

「為什麼？妳跟媽見面了嗎？說我在這裡？全部都告訴她了？」

「有可能嗎？」

「不然妳去做什麼？」

載英簡述了和姊姊們談話的重點。因為是一家人所以會尊重並支持你的選擇、給你時間，還隱隱得意炫耀這個結論是自己導出的。雲夢知道載英所謂的「給你時間」是「已經厭煩了」的換句話說，是「放棄」、「旁觀」、「不在乎」等詞彙的同義詞。不管是什麼都無所謂，反正對雲夢來說這是件值得感謝的事。

「你也知道我們的等待有期限，只是暫時的。」

「喔。」

「我們雖然退一步，可是媽還沒有放棄讓兒子當檢察官、法官，你要記得。」

「喔。」

「接下來是我自己補充的……」載英賣了一下關子，姊弟倆之間有股緊張的氣流短暫流過。

「別把你人生的舞台限縮在話劇，未來的選項不該有好幾個嗎？」

雲夢瞪圓了雙眼，和在江陵的生魚片店裡三姊妹的反應如出一轍，但是載英做了不同的解讀。這小子，有什麼好感動的。

黑不溜丟的炸醬與麵條難看地黏在鍋底，雲夢也沒期待有人會洗碗，但鍋子燒焦了至少要倒點水進去吧。用不鏽鋼菜瓜布使勁刷燒焦的鍋子也沒用，於是雲夢決定倒入水煮滾。咕嚕咕嚕的沸水中，浮現昨晚討論到炸醬泡麵與啤酒是完美組合時，載英那雙眼發亮的臉蛋。雲夢用鏟子刮鍋底，讓載英的臉完全解體。

這樣應該差不多了。倒出沸水和浮渣，用洗碗精又刷了一遍鍋子，可依舊殘留燒焦的痕跡。

雲夢在網路上搜尋「洗燒焦鍋子的方法」，決定照著使用醋和小蘇打粉的小撇步試試看。在燒焦的部分灑上小蘇打粉再用刷子刷鍋面，接著倒入醋繼續刷。重覆幾遍再倒入醋時產生許多氣泡，這次換加熱水。據說這樣子靜置半天以後鍋子就會乾淨溜溜，雲夢很是期待。

雲夢用咖啡壺把水煮滾，撕開一包即溶咖啡。這個早晨讓人想喝甜甜的咖啡。雲夢一邊喝咖啡一邊繼續搜尋，還學到用過碳酸鈉、檸檬或是方糖、番茄醬都可以有效去除燒焦痕跡，收穫頗豐。

既然已經起了頭便順勢滑到購物區，將許多部落客強力推薦的不鏽鋼鍋具清潔劑加入購物車。購物車裡裝了不少尚未結帳的商品，都是一些不是迫切需要但先準備起來的話遲早會派上用場的生活用品。考量到經濟狀況遲遲沒有下單，暫存在購物車的商品們刺激著雲夢的購買欲。不過雲夢決定忍住，暫緩結帳。

雲夢的眼皮逐漸合起，一手還拿著咖啡杯，另一手抓著手機。

即便拿著失眠的最佳組合——咖啡與手機，雲夢仍舊以驚人的速度入睡。然後在舒緩身心的 0.5 赫茲 Delta 波活動的無夢深層睡眠地帶遇見了載英。

「被告集家人的期待於一身，享盡各種好處仍恣意浪費人生，情節惡劣。因此應當嚴厲責罰，然考量被告已知所警惕而無再犯之虞，加上被告母親將會受到的衝擊，為應特別考量之情事，本院宣告緩刑。」

身著法官法袍的載英豈不是正在向雲夢宣告「緩刑」嗎！與此同時雲夢意外發現載英很適合穿法袍，該念法學院的不是自己而是具載英才對……

但是現在這裡是哪裡？月亮真是美麗！雲夢很快發現自己搭在用不鏽鋼菜瓜布做成的小船上觀賞夜空，湖面漂浮著檸檬片。這時突然響起載英的聲音：「別把你人生的舞台限縮在話劇，未來的選項不該有好幾個嗎？」雲夢躺在不鏽鋼菜瓜布船上，甚至感謝起載英替自己的未來擔心，這個情況他自己也很感慨。現在不是悠閒地吟詩詠月的時候吧？

雲夢猛然坐起身思考，緩刑是以施行一段期間的保護觀察和擔任一段期間的志工服務為前提，因此載英所謂的支持與等待的表面下埋藏著禍根，該不會保護觀察其實是監視，志工服務實則是肆無忌憚地指使雲夢做家事的意思？被激起的疑心無止境地向外渲染開來。

這時不鏽鋼菜瓜布小船翻了，雲夢落入水中。徐徐的風和平靜的水波，小船根本沒有理由翻覆才對，真是奇怪！雲夢宛如隔岸觀火般望著翻覆的小船唸唸有詞。這就是所謂的靈魂出竅嗎？雲夢因為和肉身分離的感覺而一時興奮了起來。

冷不防襲來的水花令雲夢閉上了眼，緊接著水漲到下巴下緣，一瞬間彷彿有瀑布湧進雲夢的嘴巴、鼻子和耳朵。

呃啊！雲夢大口喘氣睜開了眼睛，把剩下的咖啡一口飲盡，打起精神。這夢也真是鬼扯，好久沒好好睡一覺的說，結果具載英竟然也在那裡。雲夢早就想起載英絕不會平白無故釋出善意，如果全盤相信事情的表象可能會招致後患。只要事情稍微不順她的意，她隨時都有可能跑去向張金頤女士告狀，而讓母親被誇大不實的密告嚇到特意上京一趟，雲夢可就沒轍了。所以提前席藁待罪才是正解嗎？明天下去江陵老家一趟，向母親如實交代事情至今的發展，然後心甘情願地接受懲處吧。「我認為媽媽把我生下來養育成人自然可以主張擁有我人生一部分的話語權，但這仍然是我的夢想、我的人生。」像這樣堂堂正正地告訴她吧。

一時鼓起的勇氣沒撐多久，轉眼間就打退堂鼓，消失無蹤。雲夢回到水槽前面對燒焦的鍋子，還剩下最後一個階段。

他拿起菜瓜布，輕柔地摩擦鍋底用水沖洗。燒焦的鍋子脫胎換骨，銀光閃閃。雲夢彷彿是自己脫胎換骨一般滿心雀躍，欣喜到連稍早的思緒都徹底拋在腦後。

✦ ✦ ✦

銀光閃閃的鍋子裡煮著泡麵，雲夢正迅速地切著蔥花。

「他是大雁爸爸。」

手握筷子等待泡麵的江瑞將隔壁順子爸爸的故事講給雲夢聽。三年前他把妻子和女兒送到美國後開始獨居，彼此已經當了十幾年的鄰居了，並說不知道他每晚都會在社區裡巡邏。

「妳知道認識的人更可怕吧？」

「聽說他以前是警察，然後順子是警犬。」

據說順子爸爸去年退休以後原本想和妻女一同去美國，卻因為被指派負責照顧隱退的順子而暫緩去美國的計畫，想要待在順子身邊直到牠離世。江瑞的一席話讓雲夢不好意思了起來。

「你在想什麼？」

「沒在想什麼啊，泡麵快糊了。」

為了掩飾自己平白無故誤會人家，雲夢轉移話題。

「頂樓那個房間的門上鎖了耶，那間是倉庫嗎？我想說把它整個掃乾淨，再把頂樓擺得到處都是的空盆栽移進去應該不錯。陽台不是有一台上了年紀的脫水機嗎，也想把它移到裡面去。」

「不要動它。」

即便只有短短一瞬間，從頭頂澆灌而下的冷水讓溫度降到了冰點。江瑞不曉得是否也察覺到冷風，笑著說本來事情就夠多了，不需要再添麻煩。是我不好意思啦，又補上一句。

雲夢從江瑞的微笑中捕捉到一個難以解釋的東西，沒過多久便領悟到那是既視感。

事情發生在雲夢頻繁地替姊姊們跑腿買衛生棉的時期。那時還是國中生的雲夢是個十分害羞的少年，換作現在，他可以若無其事地抱著一整箱的衛生棉搭公車，明明沒什麼，可那時就是做不到。

少年雲夢不敢抓起家附近便利商店陳列架上的衛生棉，只能無謂地拿起牙膏、牙刷再放回去，與此同時江瑞正在雲夢身後挑選麵包。正當雲夢鼓起好大的勇氣抓起衛生棉的時候，江瑞碰巧轉身。江瑞的肩膀不過是輕輕擦過雲夢的手臂，被嚇到的雲夢立刻放下衛生棉隨便抓個東西，這次他抓住的是保險套。

呃啊！這回被嚇得更慘的雲夢直接丟下手中的保險套，可保險套卻不偏不倚地砸中江瑞的腳。不管了，雲夢拿著衛生棉逃向櫃檯。

雲夢慌慌張張地把衛生棉塞進黑色塑膠袋裡，江瑞也走了過來，把麵包和香蕉牛奶放上櫃檯。雲夢害怕與江瑞對到眼，低著頭抱著塑膠袋奪門而出。他聽到店員大叔說了些什麼。天啊，胸口抱著的竟是空塑膠袋，而且也沒拿回找的錢。丟臉是一時的，必須回去！雲夢雖然這麼想，身體卻沒有反應，只是注視著前方。

「這個。」

江瑞突然伸出左手。是衛生棉。

「還有這個。」

江瑞突然把右手也伸了出來。是剛才找的錢。

「謝謝。」

雲夢用蚊子叫的聲音表達感謝。

「然後還有這個。」

江瑞最後遞給他的是香蕉牛奶。

江瑞露出燦爛的笑容後揮手離去。被江瑞的笑容綁架的雲夢忘記了丟臉，將寫在女孩校服名牌上的名字深深刻在心底。然而踏入綠門之家的頭一晚，和江瑞互通姓名後明明還默唸了好幾遍她的名字，卻沒能喚起這段記憶。

雲夢忽然對江瑞另眼相看。

「那時候為什麼要給我香蕉牛奶？」

雲夢認為江瑞不可能記得，所以沒頭沒尾地丟出一句話。

「現在才想起來啊？我見到你的第一眼就知道是你了。」

她還記得？從少年雲夢變成青年雲夢了，竟然還認得出來？雲夢的心裡竄過一股刺刺的電流，停留了 0.5 秒。

「因為你很可愛，那個時候還不知道你是載英的弟弟。」

因為我很可愛？尚未脫離雲夢胸口的電流尾巴轉呀轉地畫起了圓圈，彷彿感知到這股波動，酥麻感擴散至心臟每個角落。

「妳原本就對每個人都那麼親切嗎？」

「每個人？沒有吧……就說是因為你那時候很可愛了。」

江瑞莞爾一笑。

強勁有力的電流貫通雲夢全身，從頭頂到腳底酥麻得顫抖了起來。這時餐桌上江瑞的手機嗡嗡震動，畫面顯示是金老師打來的。

江瑞翻開手機站起身，電話那頭傳來低沉的男聲讓雲夢神經緊繃了起來。江瑞說「立刻過去」後便出門了。那天晚上江瑞沒有回來，隔天也是，再隔一天也是。

✦
✦
✦

雖然不是明擺著灑狗血，但是整體劇情沒有連貫性可言，堪稱一場集結了毫無魅力的角色們的饗宴。載英讀著讓人懷疑是由韓文很差的外國人寫的劇本——主語和謂語各玩各的，還充斥著錯字與錯誤的文法——雙眼逐漸冒出血絲。

這是昨天代表親自把載英叫過去，說是知名導演寫的然後遞給她的劇本。所謂的知名導演不過是新人時期一時發光罷了，過去十幾年來交不出第二部亮眼作品的他是代表的朋友的朋友。

劇本是由網路連載漫畫改編而成的，明明在網漫裡不是這樣的，改編成電視劇後，角色們崩壞的程度之誇張，讓載英氣瘋了。這是要怎麼評論？

載英挺直腰桿，眼睛掃射隔壁組還留在座位上的人，載英的組員都外出開會去了。企劃二組的老么一和載英對到眼立刻慌張地低下頭，載英露出「烏龜呀，烏龜，伸出頭來，不伸出來的話就把你烤來吃（註11）」的熾熱目光站了起來。絕對不是把自己不想做的事丟給別人，而是對方或許能發掘自己那狹隘的目光中讀不出的作品魅力。載英走向平時以行事俐落出名的人才——企劃二組的老么，卻被人擋住去路。是企劃二組組長，孔製作人。

「這是昨天代表給的劇本吧，盧導演的？」

連自己的專案都不太與同組組員分享的孔製作人，對別人家的事倒是非常關切。

「對，您要看嗎？」

載英突然產生一股衝動，想乾脆把整件事過戶給孔製作人。

「盧導演，不對，現在應該稱他盧編劇嗎？他的傳聞很精彩耶。」

孔製作人把道聽塗說的內容都講給載英聽，大談他是出了名的挑嘴以及在以前的製作公司當導演時的各種作威作福。馬格利酒只喝含有乳酸菌和酵素的生馬格利酒，紅酒也只喝經過醒酒的紅酒，喜歡麻煩別人。與他共事雖然辛苦但載英以為只要配合他就行了，可是聽到他把對牡蠣過敏的工作人員帶到牡蠣湯飯店，硬逼人家克服過敏的故事，讓載英的下巴掉了下來。極度不信賴停車塔的盧導演，因為公司分配給他的工作室兼住處使用停車塔而震怒，導致負責簽訂工作室合約的員工離職了。

說是三天兩頭就會發生一次讓你懷疑「這年頭還有這種事？」的豐功偉業。

「哦，這樣啊？」

註11：此處作者以白話闡述朝鮮古代歌謠《龜旨歌》（구지가）的歌詞，歌詞原文如下：「龜何龜何／首其現也／若不現也／燔灼而喫也。」

「人品這副德性的話，至少要很有能力吧。自己講的永遠是對的，說服也行不通，拐著彎說話也聽不懂，跟這種人共事會非常辛苦。聽說是代表老婆的大學同學。」

在這個人多口雜的圈子裡要小心不實謠言，因為時常真假摻半，所以在輸入資訊的時候得全面啟動過濾機制。載英很清楚不論篩出什麼樣的資訊，只要不是親身經歷的，就必須保留到最後再判斷真偽。

因為即使在某人眼裡是個好人，對其他人而言也可能是恨得牙癢癢的惡人。也有以為這人一輩子都紅不起來，卻突然爆紅的情況。這就是這個圈子的生態。越是大起大落越是得維持平常心，保持在中心避免偏向某一側，就算偶爾因此覺得自己很卑鄙，還是得守住菩薩般的微笑直到最後一刻。

「啊，是喔。但都不是我親身經歷的事情。」

載英不反駁也不附和，保持中立的態度瞧著孔製作人。

「您要讀看看提供意見嗎？多方綜合大家的意見，代表應該會更高興吧？」

順載英的意，孔製作人立刻上鉤了。

載英現在手上有四個專案。第一個是中堅朴編劇主打幽默的闔家電視劇，以明年播映為目標邁進，不用人操心，進度可說是相當穩定，甚至讓載英害怕自己插一句話會平白無故造成人家的困擾。對載英來說，光是和朴編劇成為搭擋，名字能出現在朴編劇作品的片尾字幕就令她感到十分榮幸。

第二個是辛睿恩編劇的歷史劇，隨著成功選角到第一線演員，度過排程的難關後，可說是通過了大魔王的關卡。

第三個高編劇的犯罪驚悚劇該怎麼說呢？處於亮起警示燈的狀態嗎？高編劇的劇本「還行」，但為了把「還行」提升到不錯的水準，過程中勢必會產生衝突，而高編劇又是容易大受打擊的類型。載英擔心傷害到那脆弱的靈魂，行事可不是普通地小心，問題是她夾在視直來直往為上策的張導演和高編劇中間，好幾次都十分為難。

比起研議作品的走向、提出反饋、協助作品成長等企劃製作人的本業，載英花費更多心思在看兩人的臉色、取悅他們，因此會議結束時總是呈現虛脫狀態。彷彿有一隻看不見的手把靈魂從載英的頭頂抽出來，放進脫水機裡的感覺。縱使現在覺得靈魂像是剛從脫水機裡撈出來的皺衣服，載英仍認為自己撐得下去。

不論是要甩一甩晾在晾衣繩上或是啟動脫水機，濕答答的衣服終究會變乾。尚有熱情與體力再次復活成乾爽蓬鬆的新衣。

真正的問題就出在第四個蘇編劇的作品，說是需要報廢的情況也不為過，已經走到光靠熱忱無法承擔的地步了。

挖掘編劇和探索ＩＰ是企劃製作人的工作內容，對他們來說有時好好栽培一名新人編劇就可以抵過十位人氣編劇。

載英以初審評審委員的身分參加了某個徵文比賽，當她讀到蘇編劇的劇本就想將她變成自己的編劇。一看到劇本題目《月下的誓言》時，她馬上聯想到公墓，抱著會讀到恐怖驚悚之作的期待翻開扉頁，沒料到竟是軟綿綿的奇幻愛情喜劇。《月下的誓言》講述名為「月下」的主人公的愛情故事，傳說他在月光下纏繞紅線編織夫婦姻緣，為人類追求幸福的權利貢獻良多。

劇本可讀性很高，鮮活的台詞讓整體節奏輕快，可惜漏洞百出。世界觀建構得不夠完整，處處都有彆扭的地方，設定也缺乏真實感且滿是陳腔濫調，儘管如此，載英仍看見了蘇編劇的潛力。雖然月下墜入情網忘卻替善男信女配對的本分，世紀戀情淪為與現實脫節的奇幻故事，漂浮在渺遠的宇宙裡，但載英相信自己能成為將它拉到宇宙停靠站的牽引車。

蘇編劇，打起精神抓穩方向盤，我會拉您一把的！

當電視劇《大長今》穩穩扛起韓流牽引車的角色時，載英和張金頤女士並肩坐在主臥室裡死守電視首播，想企劃優質電視劇的夢想也因此播了種。載英主修媒體內容，進入企劃公司後換了三個職位，這期間她參與的作品目錄裡累積了很有分量又賺人熱淚的電視劇。雖然是和一群好人共事不勞而獲的結果，不過如今的載英熱血沸騰，決定靠自身實力穩穩地打造作品目錄。

就在韓流牽引車即將越級成宇宙牽引車的節骨眼，載英將彷彿是命中註定要遇見的蘇編劇引薦給公司代表。在合約書上蓋章的日子蘇編劇落淚了。年過四十的蘇編劇哭得像個孩子，載英緊握她的雙手說道：

「編劇，不哭了！現在才正要開始，幹嘛哭呢！讓我們一起把月下打造成宇宙大明星吧！」

兩年過去了。現在載英正在前往蘇編劇的工作室兼住處的路上，心裡很想哭。

夜行性的蘇編劇主要在夜裡寫作，平常晚上會邊寫邊配燒酒，然後吃顆安眠藥入睡。現在是下午三點，照理來說這個時間應該正熟睡。載英手裡提著買來的鮑魚粥，輸入玄關密碼，躡手躡腳地開門進去。四周因為落地窗的遮光窗簾一片漆黑，但是載英沒有開燈，打算靜靜地等待蘇編劇醒來。

載英靠坐在工作桌上仰望天花板，和蘇編劇一起貼的星星月亮形狀的夜光貼紙一閃一閃，載英的視線游移到下方牆面，雖然太暗了看不清楚，但牆上八成掛著希望能請來飾演月下一角的男演員們的照片，這些照片也是載英和蘇編劇一起貼的。原本想要讓月下進入他們其中一人的身體裡，讓他變得比上頭的星星和月亮都還要閃耀……無望了，月下說不定終究只能以文字的形式停留在蘇編劇電腦裡的白色畫面上。

載英的視線落在蘇編劇的電腦上。匯聚總不降臨的靈感寫下一行，抓住要溜走的靈感再寫一行，蘇編劇那像牛一樣只知道工作的幻影短暫登場又消失。怎麼寫得這麼不順？蘇編劇邊說邊乾了一杯燒酒，絞盡腦汁的模樣再度閃現。蘇編劇在不知是白晝還是黑夜的時間裡吃杯麵、吞安眠藥，然後蹣跚地走向沙發，就這樣退場了。

奇怪？載英打開手機的手電筒走近沙發一看，蘇編劇不在這裡。

「編劇，您在哪裡？」

長長的回鈴音之後，載英一聽到「喂？」便連忙問道。

「具製作人，我來楊平老家採草莓了。」

「姊妳瘋了嗎？現在是採草莓的時候嗎？」

兩人初次見面時就決定當姊妹了，但畢竟是在工作上認識的，仍稱呼對方為編劇和製作人，只是時不時會像這樣迸出一聲「姊」或「妹」。

「妳不寫了嗎？」

面對載英的脅迫蘇編劇沉默了好一陣子。

「如果妳是來解約的，文件放著就可以走了，我蓋完章以後會再寄給妳。」

「姊，不是。我不是為了這個來的。」

代表要載英帶回簽完章的解約文件，但是載英沒有把文件帶來，而是打算跟編劇討論昨天拜訪藝術家福利基金會接受法律諮詢的內容，一起集思廣益該怎麼讓月下被困在電腦裡窒息的心臟再次跳動。

「沒關係，要我把合約金吐出來的話，我會乖乖吐出來再離開。」

「姊，我們一起找找不需要把錢吐出來也能帶著作品安然離開的辦法。畢竟編劇沒有可歸責的事由，這都是雙方協議好的，公司卻單方面向我們通報。」

「具製作人。」

蘇編劇彷彿對載英使用「我們」的字眼提出異議，以「具製作人」打斷載英。

「具製作人，妳是公司的人，不能站在編劇這邊吧？又不是要當正義的吹哨者，幹嘛做些吃力不討好的事？」

「排程喬不攏為什麼是妳的錯？為什麼是妳來承擔所有的責任！把妳收到的合約金分成二十四個月，換算下來連基本時薪都不到，妳都不覺得委屈嗎？」

「我只要守護月下就行了。」

哈！該拿這妳怎麼辦才好呢……眼下公司還在動腦筋要向妳提起訴訟求償，包含這兩年來投入的所有資金，打算要全都討回來！

當公司法務組遞來寫有高於支付蘇編劇的合約金金額的文件時，載英不敢相信自己的眼睛。她不曉得公司的行事作風會這麼像流氓，好歹是韓國排名前十赫赫有名的電視劇製作公司，對其他新人也不曾提出這麼無禮的要求，怎麼偏偏蘇編劇就被盯上了呢？

從很久以前孔製作人就暗示過載英，雖然代表自認和手握排程權力的電視局高層是非常契合的朋友，但這僅是代表的一廂情願，兩人其實是位階分明的甲方與乙方。據傳甲方對新人編劇有陰影，因此孔製作人說自己早有預感蘇編劇面前的路不會太順遂，真是令人擔心。載英只把它當作來路不明的傳聞，結果證明孔製作人是對的。

高層表示蘇編劇的劇本品質低落，幫她找了影子寫手，也就是俗稱的幽靈作家。由於是蘇編劇本人的企劃，沒辦法與她切割，但是又對這個項目眼饞。都做到這個地步了卻又不配個導演給她，說選角不順利，暫緩專案。

即便經過無止境的等待，劇本這邊修一點那邊修一點，可仍無法跨過排程的高門檻。說不定其實是無法跨越高層的偏見，就因為蘇編劇是新人。

時間自顧自地流逝，花費的資金越來越增加，高層和蘇編劇的距離卻沒有縮減，代表也焦急了起來。火燒屁股的代表將矛頭指向蘇編劇，如今聽不懂人話又不知變通的蘇編劇連自己淪落到要被求償的債務人都不曉得，還游刃有餘地應對。

「月下是姊姊原創的角色，是妳的小孩耶，我當然知道要守住他。」

「具製作人，我累了，先這樣。」

嘟——掛掉電話的同時載英感覺到自己與她的關係也「嘟」一聲斷線了。必須讓她回心轉意。載英回想蘇編劇父母送的草莓禮盒上的寄件地址，那是他們送上的謝禮——感謝載英開闢一條成為電視劇編劇之路給自己的女兒。是Very Berry嗎？

載英點開導航搜尋楊平的草莓農場。Thank You, Berry！在楊平郡丹月面有叫作Thank You, Berry的草莓農場。

週五下午，從上岩到楊平的路段全都塞得水洩不通，將載英困在內部循環路，照理來說應該會聽到周遭的交通噪音，但車內卻異常安靜。安靜喚起雜念，載英開始細想自己究竟是為了抓住什麼如此心急，是將彼此視為姊妹的私交？抑或製作人和編劇公事上的關係？倘若是後者，那只要盡到傳達公司立場的中間人角色即可，自己的所作所為卻宛如挺身對抗公司不合理要求的正義鬥士，因為害怕姊妹之間產生嫌隙。

載英渴望抓住的是「我們」，反觀蘇編劇直到最後都冷冷地稱呼她為「具製作人」。她不是姊姊，是蘇編劇。

這一瞬間，載英得以站在翹翹板的中央，找回了平常心。這下交通噪音才傳進異常安靜的車內。意識到自己不過是一介製作人讓她掙脫關係的泥沼，甚至迎來被解放的感覺。平時管它是什麼不公不義，只要不要殃及自己就好了的信念讓載英獲得自由。然而為了讓自己心安理得硬是裝出來的偽惡沒有持續太久，越是這樣載英越是預見得和蘇編劇一同面對的苦難。努力欲維持內心平靜，對自身感到的憤怒、卑鄙與隨之湧現的愧疚便在翹翹板兩端大起大落。回家的路遙遠又艱辛。

✦ ✦ ✦

曾經有過這樣的年代，那時不把在外發生的事帶回家被視為美德，在家裡不追問外頭的事情如何運轉被視為禮節。就當那時男主外女主內的角色分配非常明確，現在不是已經不一樣了嗎。這年頭如果在外發生什麼辛苦的事，回到家就應該一起分享、互相理解、彼此安慰。雲夢好奇死了、擔心死了，兩個女人卻一個字也不透露。載英太疲憊，經常一回家就放聲痛哭，江瑞則是動不動就兩三個晚上不回家。問她發生什麼事了嗎？就直接揮手謝絕過問；問是不是有什麼事讓她很辛苦？就換來一句「沒什麼大不了的」。

雲夢好不容易準備了一桌飯菜，結果沒人吃得開心，辛苦地又掃又拖，沒人使用的空間也只有灰塵暫時歇腳。不過有個問題穿進這些紛亂的時間縫隙，讓雲夢思考自己存在的理由。他站在模棱兩可的自我認同歧路上，面對是皮鞋還是家庭主夫的問題仍選擇保持中庸之道，自認正在好好走出屬於自己的路了，卻因為兩個女人的無視和沒反應使自信心跌落谷底。我為什麼，在這裡做這些事呢？一天問自己不下十二遍。然後雲夢得出自己的人生徹底隸屬於這兩個女人的答案，因而憂鬱了起來，這正是更年期家庭主婦會經歷的憂鬱歷程。大概可以說是到了子女搬出去自食其力的階段，家庭主婦會面臨到空巢期，喪失自我認同，浸浴在悲傷之中。雲夢不管做什麼都開心不起來，被無力感和空虛包圍，連移動手腳都覺得累。

這種時候即使想嘗試自我安慰、梳理心情，結果也是徒勞。一顆心已經被各種雜念占據，好不容易騰出的位置又會被後悔與委屈接管。

不向期望自己成為檢察官或法官的母親與姊姊們屈服，守護在話劇之路上堅定前行的過程裡熬出的自尊心，卻被視作毫無意義。彷彿走過的每一刻都白費了，未來的每一刻也都是徒勞，飽受無力感所苦。

臭小子禹燦熙！嘴裡咒罵卻沒有為尋找禹燦熙付出任何努力，即便找到了又能得到什麼呢？全都是些沒價值的東西罷了。

縱使在這種情況下，每到用餐時間肚子仍準時地感到飢餓。通常處於這種狀態應該要沒什麼食慾才對，不知道為什麼雲夢很容易就肚子餓，並且睡意也不會搞失蹤，明明就應該失眠才對的，雲夢卻睡得像熊一樣沉、吃得像野狗一樣起勁，決定直接放棄思考。正當他顧著推開不停襲來的想法而精疲力盡時，接到了江瑞的電話。江瑞在連續兩天外宿的翌日早晨打來。

「雲夢，想拜託你一件事，可以幫我收拾頂樓的房間嗎？」

她溫柔的嗓音瞬間為一切沒有價值的事物注入意義。

雲夢彷彿接受了神替他施行的心肺復甦術般，立刻起身走上頂樓。打開頂樓房門，只見一個老舊的原木抽屜櫃孤零零地擺在那裡，一旁有兩幅裱了框的東西背對雲夢靠在牆上。

雲夢將它們轉到正面。一幅看上去像是從咖啡廳望出去的沿海村莊夜景，連對繪畫一竅不通的雲夢都看得出來這是一幅色彩美麗的油畫，浸潤在夜色裡的星星、咖啡、屋頂與大海，原來夜晚的顏色可以如此令人著迷。另一幅畫則是湖泊的風景，該有多麼清澈透亮，感覺將臉湊近湖面就會像鏡子般反射倒影。雲夢忘我地盯著畫看好一陣子，突然產生一股衝動想把它們掛上牆壁，於是在牆上釘釘子把畫掛了上去，果不其然非常合適。

雲夢把房間的每個角落都掃過擦過，拆下紗窗用水洗去灰塵再安裝回去，連門的玻璃也不放過，擦到它發出「咿嗚咿嗚」的聲音，變得乾淨舒服。原先像個倉庫的頂樓房化身為溫馨的咖啡廳，雲夢除了開心還是開心，該說是藉由做家事獲得救贖的感覺嗎？哎呀！

根本也沒什麼稱得上是行李的東西。雲夢一面跟載英協力將她的摺疊式床墊、矮書桌與椅子搬到頂樓房，一面問：

「為什麼突然要搬到頂樓房？」

「可以說是想再靠近天空一點吧。」

載英說這句話時的神情實在太過淒然，雲夢瞬間打消與她搭話的念頭。

只交代要打掃頂樓房，連一句解釋都沒有，就這樣又過了兩天江瑞才返家。那晚，雲夢問了一樣的問題。

「二樓載英住過的房間……」

江瑞原本要回答，後來拿著震動的手機離開了，這回顯示的來電者又是金老師。金老師要搬進去載英原本的房間嗎？那間可是和江瑞的房間面對面。他是何方神聖？讓雲夢內心動搖的問號瞬間轉變為嫉妒團團包圍了雲夢。那天晚上雲夢逃不出嫉妒的重圍，徹夜動彈不得。

「我以為我是個不錯的人！」

搬到頂樓房的載英一連好幾天鬼吼鬼叫、用頭「咚咚」地撞擊地板。連在一樓的雲夢都聽得見，不免擔心了一下鄰居會不會報警。但雲夢忙著研究即將要搬進二樓空房間的新角色，沒有多餘的心力可以分給載英。

與此同時載英把沙包請到了頂樓房，一有空就拿它練拳，一邊大喊：

「全都去死！我要把你們殺了！要死一起死！」

終於瘋了嗎，雲夢苦澀地咂咂嘴，他有預感一名反派角色即將誕生。

雲夢手機裡的聯絡人名稱分成兩類。一是姓名——也就是通常由兩到三個音節組成的專有名詞，二是一般名詞或前面加上形容詞的一般名詞。舉例來說，載英是「瘋女人」，禹燦熙是「臭小子」，張前輩是「財閥家的小兒子」，曦東是「落跑雞」，這一類的人不論好惡都在雲夢的人際網絡裡占有頗重要的地位。反之，聯絡人名稱是專有名詞的人則是保持客觀距離的關係，大概是過客或是離核心較遠的人，比如說「都江瑞」。

把玩著手機的雲夢忽然覺得應該幫「都江瑞」換一個新的名字。「江瑞姊」、「姊的朋友」、「瘋女人的朋友」、「認識的姊姊」，依序輸入了這些名字又再刪除。雲夢的手指靜止不動好一陣子，最終定案為「房東」。如此定義雲夢和江瑞的關係後，彷彿聽見野獸的咆哮。

頂樓房門被打開，載英跳了出來，緊接著沙包裂開。三更半夜突然聽見沙包裂開的聲音，月夜裡看著劇烈晃動的沙包，雲夢深刻體悟該替載英的聯絡人名稱「瘋女人」再升級的時候到了。

「頂樓房的反派角色」。

載英就這樣重獲新生了。

+ + +

「有什麼壓力可言。」

「看來您的生活很安穩，真是羨慕。有在抽菸喝酒的嗎？」

「幾乎沒有。」

檢查結果顯示膀胱沒有任何異常，這時候醫生能說的就只剩下「減輕壓力，避免飲酒過量、抽太多菸」，連這句話都沒得說的醫生臉上寫著「無話可說」，雲夢也以枯燥乏味的表情回敬。醫生賣了一下關子，最後以「要記得按時吃藥，一個月後再回診」劃下句點。

高血壓、頭痛、尿道感染、伴隨痙攣的腹痛、關節痛、貧血、頻脈、腹瀉、便秘、暈眩、口乾症……為了安撫雲夢過度敏感的膀胱所需要服用的藥丸副作用比想像的還要多，為了膀胱的平靜和從容必須承受的危險因素不容小覷，儘管只有1％至5％左右的機率會產生副作用，可人生世事難料。雲夢回想起那天自己以微乎其微的機率撞上江瑞的車子，遇見載英，爾後來到綠門之家，隨即打消了吃藥的念頭。

想了想其實是有讓自己感受到壓力的事，那就是具載英。她果然和雲夢預期的一樣，大吼：「我要通通砸爛！」不論對象是誰，瞳孔一視同仁地射出鐳射光不知何時會爆炸，令人惴惴不安。不是只有眼睛會發出鐳射，嘴裡也安裝了迫擊砲。但凡雲夢膽敢進入射程，裝填髒話取代日常用語的強力迫擊炮便會以狂瀾般的砲擊讓雲夢的心臟瞬間化為焦土。面對從隔壁棟頂樓傳來的咆哮聲，再溫馴不過的順子也不禁汪汪吠叫。

問題究竟出在哪？雲夢放聲怒吼。退縮的載英爬上了頂樓房，也不留給雲夢追問的機會。所以目前她稍微收斂了一點，來來去去不發出半點聲響堪比幽靈，連去公司還是回家了都不知道，這樣的載英讓雲夢更加操心。

正如同許多故事裡的反派角色，載英發揮了就算什麼都不做也能讓周遭的人心神不寧的能力。雲夢受到載英一舉一動的影響，做家事的進度被拖累，花費更多時間在看頂樓住戶的臉色。

反派角色會進化，現在頂樓房的反派是正在冬眠的熊，為了更美好的春日暫時休息，養精蓄銳。雖然雲夢希望春天晚一點到來，但反正那個季節或早或晚終會降臨，清楚這是無可避免的大自然規律而嘗試接受，會不會這件事本身就是壓力的來源呢？

「雲夢，你搞話劇的時候幸福嗎？」

載英問。

雲夢有些慌張，因為頂樓房沒有動靜而上去察看，不料與載英碰個正著。

「好像是吧。」

「現在不搞話劇了還幸福嗎？」

這個嘛，充滿不確定性的未來，可以清楚預見未來會離話劇越來越遙遠，所以理應回答不幸福才對，雲夢卻找不到不幸的理由。面對不知道答案的問題，雲夢以另一個問題回應。

「為什麼要問這個？」

「我不知道我會淪落到亡羊補牢的處境。」

載英說這句話時的聲音帶有羊的嗚咽聲，瞳孔好似被抓去屠宰場的羊那般淒涼。過去三十年來從未見過載英那樣的眼神，讓雲夢心頭一震。是失去了什麼？又要修補什麼？雲夢沒有問出口。這大概和載英想當個不錯的人的吶喊有關，雲夢想要告訴她，回頭看看妳生活的軌跡吧，這個願望對妳具載英來說有可能實現嗎？

第五章

我們之間可以這樣

那天是個曬衣服的好日子。雲夢抱著棉被走上頂樓，從空中灑下的暖洋洋日光催促著雲夢趕快攤開棉被，要把每個角落都徹底殺菌。雲夢將棉被掛在晾衣繩上，啪啪地甩動棉被，彷彿這樣還不夠，雙手抓住前職為掃把如今刷毛全掉光只剩下一根長棍的東西使勁痛毆棉被。

在半空中飛揚的灰塵們很快便不見蹤影，空氣彷彿是一席隱形斗篷，同時涵蓋了「在」與「不在」。年幼時的某個午後曾經幻想倘若擁有隱形斗篷，要做的第一件事就是盡情痛毆具載英，想到這裡雲夢噗哧笑了出來。午後的頂樓與陽光、棉被、灰塵觸發對空氣的念想，不過沒多久就被下頭傳來的沙沙聲打斷了。

雲夢往下一看，發現順子爸爸正拿著大大的掃把清掃家門前的巷弄，掃把眼看就要進攻到雲夢的家門口，盯著主人掃地的順子倏地抬頭，雲夢來不及反應便和順子對到眼了。不曉得是不是感受到順子的視線轉向別處，順子爸爸也跟著抬頭，一發現雲夢便高興地揮揮手。

「嘿！」

「您好嗎？」

雲夢擠出不自然的微笑打了聲招呼。

「我下去掃，畢竟是我們家門口。」

一句無心之言跳了出來。雲夢抓著那個已經稱不上是掃把的東西下樓，看到雲夢拿著沒有刷毛的棍子，順子爸爸無言了。

「我都在掃了就讓我掃完吧！」

在打過幾次照面和用眼神問好後，順子爸爸像對待自己的姪子般自然地說起半語。雖然雲夢跟他討了好幾次掃把，但是順子爸爸一律堅定謝絕，默默掃地。感到有些不好意思的雲夢站在順子身旁，像順子一樣愣愣地望著順子爸爸。

順子打了個長長的呵欠，黑色的鼻子貼在地上不停地嗅，然後伸長腳，肚子貼在地上，把下巴埋在兩隻前腳中間。順子慵懶的目光不曾離開主人，即便過去曾經有過帶頭掃蕩犯罪的輝煌時期，如今和自願留下來守護自己餘生的主人共度平淡歲月。

雲夢腦海裡突然閃過一個念頭，想以和順子一樣的方式老去。我有到了生命盡頭仍想目不轉睛地凝視的人嗎？沒有。有自願放棄一切，留下來守護我餘生的人嗎？果然還是沒有。歲月靜好是生活賦予在該燦爛的時期燦爛度過的人的補償。我可曾燦爛過？現在又有努力活得燦爛嗎……

苦澀的思緒緊緊纏著雲夢。

「順子專攻哪一塊？」

「嗯？」

順子爸爸停下手邊的動作，望向雲夢。

「聽說順子是警犬對吧？追捕嫌犯、搜索毒品、人命搜救之類的，不是有很多種嗎？」

「我只告訴你一個人喔，我們順子不是警犬，只是一般的狗啦。」

「可是我聽說你們一起工作。」

「我以前是交通警察，順子是一個認識的哥哥移民前託付給我的。」

「移民的不是你的家人嗎？老婆和女兒？」

「這個也只跟你說喔，不是移民，我跟我老婆離婚了，她提的。」

「原來如此。」

「你只告訴我」讓雲夢感到十分負擔。反觀順子爸爸好像覺得「我只告訴你」意味著兩人成了什麼了不起的關係一樣，開始大談自己的故事。他是騎乘警用機車、將協助交通順暢視為使命的交通警察，將一生都奉獻給了道路，但故意將自己塑造成重案組刑警。

「電影裡面不是很常出現赤手空拳逮捕壞蛋的刑警因為某些原因被貶職成交通警察嗎？那種有很多故事的男人。我只不過在便利商店的金姓工讀生面前講了幾句，那個大嘴巴就傳到整個社區都知道了。」

順子爸爸說，自己只是出於一個小小的心願，希望讓人知道這一帶住了過去很威風的前刑警和一條警犬每晚都會巡邏，這樣兇惡的罪犯就不會在這附近晃悠了。他聳聳肩再補一句：

「不知道是不是因為這樣，那個專挑只有女人住的房子進去搗亂的無恥小子最近比較收斂了？」

這兩件事可以扯在一起？雲夢板著臉問道：

「到現在都還沒抓到人嗎？」

「我會抓到他的，就快了。所以我說啊，我打算正式……」

正式什麼？雲夢下意識地後退一步。

「組織社區巡邏隊，你願意加入嗎？」

順子爸爸走近一步抓起雲夢的手。

「進去裡面喝杯茶聊聊吧。」

「啊，不麻煩了，我等等還有約，下次吧。」

雲夢小心翼翼地撥開順子爸爸的手，得趕在與他發展成更不得了的關係之前盡快消失在他的視線範圍內才行。

便利商店裡不見金姓工讀生的身影，就算他在，雲夢也沒打算暴露順子爸爸的真實身分。雲夢買了三角飯糰和香蕉牛奶，坐在戶外桌椅區。飯糰鹹鹹的，牛奶甜甜的，香蕉的香甜滋味在嘴裡散開，雲夢腦中響起江瑞那句：「我見到你的第一眼就知道是你了。」當柔順的牛奶滑過食道時，也響起了那句：「因為你很可愛。」

啊，別再想了！雲夢摀住耳朵搖搖頭，拒絕聽到江瑞的聲音。不過控制不了早已儲存在心裡的聲音自顧自地重播。

「已經第幾天了啊？」

雲夢一邊嘟噥一邊數著日子。平常江瑞最多就四天三夜不回家，可這回卻已經第六天了，該不該傳訊息問她是不是發生什麼事、什麼時候回來呢？我們之間可以這樣嗎？

雲夢只是死盯著被存成「房東」的江瑞的手機號碼，不敢爽快地按下通話。

✦✦✦

打開玄關門，看見一位不知從哪裡冒出來的陌生小女孩站在門口。雲夢一瞬間以為自己誤闖別人家，小女孩同樣一臉驚嚇，害怕她哭出來的雲夢擠出一絲溫柔夾在聲音裡小心地問：

「妳是誰啊？」

「媽媽！」

小孩也不回答就咻地跑上二樓，不一會兒江瑞便牽著小女孩的手走了下來。雲夢瞪大眼睛，彷彿聽見除夕的鐘聲縈繞耳際。不，是雲夢的腦袋瓜成了普信閣的鐘，敲擊後腦杓的敲鐘棒衝擊力道絲毫不減地傳到心臟，心臟以隨時爆炸都不足為奇的強度魯莽地跳動著。

現在想想，雲夢對江瑞幾乎一無所知。只知道她在獵頭公司工作，是載英的朋友，是曾在雲夢遺忘的童年黑歷史中登場過的漂亮姊姊。由於再婚的母親跟隨江瑞的繼父搬進大樓，江瑞便順理成章繼承了綠門之家。

時隔六天才返家的江瑞不是以雲夢認識的姊姊的身分出現，而是作為一個小孩的母親站在雲夢面前。

「瑛禹，打招呼。這位是媽媽跟妳說過的雲夢叔叔，以後會跟我們住在一起。」

「您好嗎，叔叔？我叫瑛禹。」

小女孩機靈地唸出自己的名字，謙虛有禮地將手放在肚臍處彎腰問候。

瑛禹的爸爸是誰？會是那位讓雲夢繃緊神經的手機聯絡人金老師嗎？瑛禹跟爸爸住一段時間，現在開始換跟媽媽一起住嗎？江瑞離婚了嗎？還是分居？許多問號糾結在一起讓雲夢異常混亂，連小孩的名字都沒能好好聽清楚。初次見面就如此失禮。

「瑛……？」

「禹，瑛禹。」

小孩把嘴嘟成一個圓圈，清楚發出「ㄩˇ」。

「啊，瑛禹呀？妳好嗎？」

「瑛禹六歲了，叔叔您幾歲？」

「哦？我幾歲呢？等一下喔。」

瑛禹咯咯笑個不停。

連自己幾歲都不知道的笨蛋叔叔，這大概就是雲夢帶給瑛禹的第一印象了。

「因為年紀太大了，數一數還會忘記喔。」

雲夢順勢比出手指頭假裝在計算，一面搞笑地大喊：

「哇！是三十歲欸！叔叔已經三十歲了啦！」

瑛禹再次咯咯笑個不停。

「叔叔好好笑喔，對不對啊，瑛禹？」

多虧有江瑞在一旁幫腔，使雲夢的第一印象成了逗笑自己的有趣叔叔，而不是失禮的笨蛋叔叔。

「瑛禹吃飯了嗎？有沒有想吃什麼？」

悠悠哉哉地脫下運動鞋，移動到客廳的雲夢刻意拉高聲調，模仿出演EBS電視台兒童節目的人。

大聲、宏亮、澄澈是和小孩對話時博得他們好感的不二法門。

這是早早就和侄子們親密地玩在一塊兒的雲夢領悟的真理。

「咖哩。」

瑛禹害羞地答道。

「哇！說到咖哩，叔叔可是專業的喔，哈哈！」

即便快速閃過不需要做到這麼誇張的想法，雙手仍然比出兩把手槍對向瑛禹。

「砰！不可以因為太好吃就吃到暈倒喔！」

雲夢一連做了好幾個沒頭沒腦的浮誇動作，逗得瑛禹哈哈大笑。

瑛禹勤快地動著嘴巴享用日式咖哩飯。她的側臉實在太像江瑞了，讓雲夢心亂，無所適從。

「妳這樣紅蘿蔔會傷心。」

雲夢把瑛禹整整齊齊堆在咖哩盤子一角的紅蘿蔔刮到湯匙裡。

「瑛禹不喜歡紅蘿蔔。」

「可是紅蘿蔔喜歡瑛禹，沒有聽到嗎？紅蘿蔔說好喜歡好喜歡瑛禹喔。來，張開嘴巴！」

雲夢把湯匙湊到瑛禹的嘴邊，瑛禹緊閉著嘴搖搖頭。

「原來叔叔聽得很清楚，但瑛禹聽不到呀。」

雲夢做出失落的表情一面放下湯匙，與江瑞對到了眼。這下更失落了。

「怎麼不先說一聲呢？」

「找不到機會告訴你，事情突然就變成這樣了。」

瑛禹睡著後，雲夢和江瑞在頂樓配著紅酒聊天，雲夢劈頭就問。

正心不過是在超市扭傷了腳踝，然而隔天腳踝腫得很厲害，導致行動很不方便。整形外科診斷結果為腳踝韌帶斷裂，正心打了石膏，還得靠腋下枴杖行動。嘴上說「這點小傷不算什麼，一個禮拜就痊癒了」的正心一個禮拜後去整型外科回診拆石膏，向醫生交代自己身體的近況，並追加了骨質密度的檢查。正心去年健康檢查時就被診斷出骨質密度偏低，在那之後持續攝取維他命D。以為情況會好轉，殊不知骨質密度大幅降低，最後確診為骨質疏鬆症。「我這個年紀的人全身上下哪有一個地方沒毛病？只要照醫生說的做，該吃藥就吃藥、該打針就打針就行了。」正心像是要證明自己依然身強體壯般，更加勤奮地活動筋骨，落得尾椎骨折和手腕骨頭受損。這場悲劇起因於她不自量力地嘗試搬移玄關旁的包裹，不小心摔了個四腳朝天。

「都已經這樣了，拜託她好好休息，但我媽還是聽不進去。」

江瑞微微哽咽。

「媽媽們都一個樣，以為自己是什麼超人。」

雲夢乾了手裡的紅酒，江瑞繼續說下去。

江瑞再三叮囑正心把瑛禹的事都交給她，只要照顧自己的身體就好了。金老師也替江瑞幫腔，跳出來說他會負責瑛禹從早到晚的每件大小事。江瑞告訴金老師「請幫我好好看著媽就行了，瑛禹我會帶走」，金老師的一句「不行，正心少了瑛禹會很空虛」為江瑞的雙面生活拉開序幕。

在交代事情原委的時候，江瑞為了不瞭解複雜情況的雲夢，改稱「金老師」為「瑛禹的外公」。

「所以才在這裡和娘家來來去去……」

說到這裡大概是再次感受到這期間的苦楚，江瑞覺得喉嚨緊緊的。

娘家，稱呼已婚女子的父母和兄弟姊妹住家的詞彙，載英明明有說過。當雲夢問江瑞姊今天加班嗎，載英將辣醃蘿蔔火腿炒飯吃得精光，抱著平底鍋回覆「江瑞回娘家了，今天不會回來」，那個時候應該要聽進去的，如果有聽進去的話就會知道江瑞是有娘家的已婚女子，也絕對不會在瑛禹面前藉著紅蘿蔔拐彎抹角地表達自己的心意，也不會因為理當不明白自己心意的江瑞的反應感到難過。

雲夢啜飲一口紅酒含在嘴裡好一會兒。

「不管怎麼想還是沒有用，只要瑛禹在身邊媽就會想找事做。」

「這就是媽媽們的錯覺啊，好像沒有自己就不行一樣。其實沒有她，小孩也都會自己長大，家庭也會自己看著辦運轉下去。」

獨自萌芽的心意化為千絲萬縷的痛楚，就是這種感覺嗎？雲夢壓抑著從未經歷過的、難以言喻的錐心之痛，假裝是在談論別人家的事一樣嘀咕道。

之後江瑞判斷只有把瑛禹帶走才能讓正心徹底放鬆休息，立刻幫瑛禹在綠門之家附近的幼稚園取得入學許可，一直拖到今天才終於能把她接回來，講到這裡江瑞嘆了口氣。

「現在才真正要開始。我能做好一個貨真價實的母親而不只是表面上做做樣子嗎？」

「媽媽註定會做得很好的，因為是媽媽呀……」

進入恍惚狀態了。自己喝掉一瓶紅酒的雲夢把尖銳的開瓶器鑽頭插入第二瓶紅酒的軟木塞，一面吐出自己也不太理解的話。

「謝謝你，看來咖哩真的很好吃。」

區區一碗咖哩，瑛禹想吃的話我可以做一百碗給她。這不是雲夢真正想聽的話。

「那個，問這個不知道會不會很失禮……」

「嗯？」

「我先失陪了。」

雲夢猛然屈身站了起來。

膀胱響起的緊急信號逼得雲夢直奔廁所，沒能問出口真正好奇的事，金老師是不是瑛禹的爸爸，想確認江瑞趁這次機會把瑛禹帶回來是不是要和金老師復合的前置作業。如果回答是呢？只能說好的，祝您闔家安樂、幸福美滿……這不是值得慶幸的事嗎，至少現在得知了。

腸子咕嚕咕嚕地躁動，白天喝的香蕉牛奶在腸胃裡掀起風暴，在風暴朝著馬桶勇往直前的過程中，雲夢忙著整頓化為千絲萬縷的痛苦心緒，無暇顧及排便的煎熬。

✦ ✦ ✦

瑛禹搬進家裡後為雲夢的生活帶來了許多改變，綠門之家的時鐘以瑛禹為中心轉動。從瑛禹起床到幼稚園上下學、夜晚上床睡覺，沒有一個步驟是不需要雲夢幫忙的，本來就很勤奮的雲夢因而更加勤奮了。

瑛禹喜歡馬鈴薯。雲夢會把馬鈴薯拿去蒸、拿去炒，有時煎煎餅有時煮成湯，也會切得稍大塊混入飯裡，把所有能做的馬鈴薯料理都做了一輪。載英抱怨一整個禮拜的早餐都是馬鈴薯，於是自己點了漢堡外送，然後大發慈悲似的將含在套餐裡的薯條遞給瑛禹，結果江瑞謝絕了速食冷凍馬鈴薯。不曉得是不是因為這件事受傷，載英有好一陣子都把自己關在頂樓房裡。

瑛禹說她有點害怕、有點討厭載英阿姨，聽在雲夢耳裡是非常害怕、非常討厭載英；說有點喜歡雲夢叔叔，雲夢理解成非常喜歡雲夢叔叔。小孩子看人的眼光很準。噗嗤！雲夢感覺在與載英的比賽裡獲得了一次勝利。看來載英想當個不錯的人的吶喊是因為瑛禹。有時間在那裡鬼吼鬼叫還不如閉嘴修身養性，求求妳了。

雲夢算準上學時間，牽著瑛禹的手來到幼稚園校車會停靠的大樓集合住宅區入口，與綠門之家座落的透天厝住宅區約有五百公尺的距離。雲夢牽著瑛禹，配合她的步伐行走大約要花上十五分鐘。

放學的時候他們會討論今天在幼稚園做了什麼、吃了什麼、發生什麼趣事、有沒有讓瑛禹難受或不開心的事？雲夢的問題很長，但瑛禹的回答一向很簡短，比如「沒有」、「嗯」、「不知道」。雲夢希望瑛禹講得更長更詳細一點，但瑛禹只是翹起嘴巴。如果碰到這種情況，雲夢就會在回家的路上進去便利商店買小熊果凍給瑛禹吃，這能讓她的嘴巴立刻收回去。

瑛禹搬進來以後江瑞就不加班了。彷彿要為這段時間以來缺少的陪伴贖罪，晚上的時間全都保留給瑛禹。可能是對這樣的媽媽感到疲憊了，瑛禹偶爾會擺出厭煩的表情說她可以自己來。

雲夢在江瑞身上看見過去淑英的影子。淑英曾任職於小型建設公司的總務組，同時準備專利代理人的考試，將剛滿周歲的兒子晨曉托負給為了養育雙胞胎而手忙腳亂的姊姊恩英和張金頤女士。恩英和張金頤女士，兩個女人拉拔三個小孩。

當年被工作和念書追著跑的淑英總是以一副沒有打理好、急跳腳的樣子現身。對媽媽和姊姊感到抱歉的她也想加減做點什麼，但常常不插手就已經是在幫忙了。每到週末從學校宿舍回到家的雲夢也比淑英還更擅長照顧小孩。

在雲夢眼裡的江瑞很可憐。雲夢勸江瑞放下母親需要從一到十全都替孩子打理好的執著，江瑞說雖然自己也懂這個道理可就是力不從心。雲夢於是建議她訂下一套基準，透過和瑛禹對話了解有什麼是她想和媽媽一起做的、希望媽媽可以幫忙的，還有哪些是瑛禹能自主完成的，將它們逐一條列一同實踐。縱使只是尋常建議稱不上多麼偉大的建言，但是對心有餘而力不足的江瑞來說，這就像是身邊有位育兒導師一樣可靠。江瑞用十分敬佩的眼神望著雲夢，雖然還不到敬佩但雲夢感覺起來就是如此。

雲夢、瑛禹和江瑞早晚都圍在餐桌旁用餐，原本至少在吃飯的時候會偶爾露個臉的載英，不曉得是自主隔離了還是怎麼樣，自己叫外送解決三餐的頻率越趨頻繁，於是餐桌上的風景看上去就像是由媽媽、爸爸和年幼的女兒組成的一家三口。

雲夢覺得很舒心，沒有特別付出什麼努力，心就自己找到了平靜，這都得感謝瑛禹。因為有瑛禹，所以江瑞會準時出門準時返家、按時吃三餐；因為有瑛禹，雲夢的一天才能規律地運轉。而且因為有瑛禹，雲夢才得以悄然放下獨自激動的心。即便如今和江瑞對到眼仍會突然兩頰發熱，手指擦過就會心跳加速，但雲夢知道一旦時間流逝這份感情就會淡去。畢竟到現在都還只是自己單方面的心意，不曾說出口或用實際行動表達，既然無人知曉，就讓它變成連自己都不知道的事吧。那麼到頭來至少會以一個好人、朋友的弟弟的身分留在她的記憶裡吧？雲夢深深相信。

以往用「嘿！」一聲呼喚自己的順子爸爸現在走到哪一碰面就大喊：「瑛禹的叔

叔！」擁有了頭銜，有了能向他人說明自己的位置和身分的一句話，令雲夢手舞足蹈，覺得自己總算從要成為皮鞋還是家庭主夫的歧路中解脫。雲夢為了鞏固自身在綠門之家擔任的核心角色——瑛禹的叔叔，努力不懈。

廚房裡加裝的洗碗機也為雲夢的生活品質帶來改變。江瑞遞給雲夢的信封裡裝了接近上個月兩倍厚的申師任堂。江瑞表示雲夢還多了照顧小孩的工作，這點錢肯定不夠，但還是請雲夢多多關照。還說了一句有你在不知道有多可靠，江瑞一如往常溫暖的話語和溫柔的微笑讓雲夢決心為了家事和育兒傾盡所有。

「一直卡在腳指頭中間。」

瑛禹不願意穿襪子。

江瑞給她穿上另一雙襪子，瑛禹用手指穿過腳趾之間的縫隙，接著脫掉江瑞剛替她穿上的襪子。江瑞瞧了瞧瑛禹的腳趾之間是不是有小傷口、翻開看襪子裡面是不是有脫落的線頭，但看起來毫無異狀。一連好幾個早上都上演相同的戲碼。

雲夢將瑛禹送上幼稚園校車後氣喘吁吁地跑向江瑞剛發動的車子，敲了敲車窗。

「怎麼了？」

「晨曉小時候也是這樣。」

「啥？」

「晨曉跟瑛禹很像。」

晨曉總是覺得內褲卡在肛門，不斷地摸自己的屁股，但是內褲沒有太小件，屁股也沒有長粉刺。大家都說是晨曉太過敏感了，打算就這樣草草帶過，卻發生一件事讓人不得不正視這個問題。

「晨曉在摸屁眼！」、「哎噁，晨曉好噁心喔！」幼稚園午餐時間一起吃飯的同學們放聲大喊，晨曉哭了出來。接到幼稚園老師打來的電話，徹夜準備考試導致眼窩深陷的淑英急忙趕去了幼稚園。

晨曉辯解自己不是在摸屁眼。小孩子不知道有多麼委屈，邊哭邊捶打淑英的胸口。淑英的心都碎了。

淑英牽著晨曉的手找去心理諮詢中心，晨曉被診斷出兒童強迫症。引發強迫症的原因可能是媽媽的缺席；因為像爸爸所以周遭的人都期待他會拿第一；與幼稚園新同學處不來等等，但淑英認為一切都是自己的問題，在孩子需要陪伴的時候沒有陪在他的身邊，就連在一起的時候也經常不耐煩。

淑英已經四度落榜專利代理人考試，想著今年是最後一次機會了，正如火如荼地準備，事已至此只好將考試延到明年，帶晨曉去接受諮商。然而諮商中心說比起晨曉，媽媽的狀態更令人擔憂，建議他們試著進行家庭諮商，於是淑英把老公也拉了進來。從此以後晨曉不再聽到「你因為像到爸爸所以一定會拿第一」，而是「因為你很珍貴」。多虧父母的反省與懺悔，晨曉擺脫了強迫症，就像從未受強迫症所苦一樣，作為世上獨一無二的珍貴存在，正在好好長大。

不能占用趕著上班的江瑞太久，她十之八九會像淑英姊一樣自責，於是不需要向她交代每個細節。雲夢只告訴她開頭和結尾，曾經覺得好端端的內褲卡在肛門的晨曉現在已經完全擺脫強迫症了。

「再觀察幾天吧！不要太擔心。」

「知道了，謝謝你。」

「要遲到了，快走吧。」

江瑞點點頭，滿載憂心的車子沉甸甸地駛出巷弄。

過了幾天，和瑛禹去了趟請聽話（請聽聽心裡話）中心的江瑞嘆了口氣。中心的姜醫師判定強迫症是因為突然換了環境感到有壓力所導致。等待了那麼久好不容易才預約成功，結果耗時一小時的諮商得出的解決方案竟是需要時間。江瑞發牢騷說自己可不是去聽這種廢話的。

「誰不知道需要時間？我是想聽聽有什麼是現在立刻能做的，而不是討論我之前都做了什麼。」

要先知道之前都做了什麼，他才會知道之後該怎麼做啊，這番話不像江瑞會說的，她真的是之前在頂樓上遇見的月下智者嗎？為雲夢的愚問給出賢答的江瑞去哪兒了？世上最聰明的賢者在處理孩子的問題時，腦袋也會動彈不得，這話說得可真對。

「我知道因為是媽媽才這麼焦心，但正因為是媽媽才應該放輕鬆一點。」

「怎麼說？」

「媽媽要放鬆瑛禹才不會那麼緊繃啊。」

雲夢稍微瞥了一眼江瑞的表情，預料到從江瑞口中會迸出什麼話。

「剛剛妳說誰不知道需要時間，已經快要不爽了，對吧？妳就是不知道，不知道才會這樣。」

「我不知道什麼？」

「什麼都不知道。不知道才要去了解，到了解之前需要時間。所以姜醫師嗎？他沒講錯，不需要嘆氣或是不爽。」

雲夢也不曉得自己都說了什麼，像機關槍似的吐出一串話後這樣作結。

「瑛禹暫時不去幼稚園怎麼樣？」

綠門之家和幼稚園，光是一項變化就讓瑛禹負荷不來了，這段期間卻必須同時適應兩項變化，陌生的空間和身在其中的人們帶給瑛禹的壓力不言自明。現在能盡力而為的就是至少替她減輕一件負擔。

江瑞雖對雲夢的提議感興趣，但是眼神隨即透出猶豫。雲夢一眼識破箇中原由。

「別擔心，我會陪她玩的。」

雲夢哼著 Pororo 動畫主題曲邊泡咖啡，繼洗碗機之後，江瑞再度為雲夢引進新的咖啡機。雲夢曾經隨口說過，因為人生苦澀需要喝甜滋滋的即溶咖啡，江瑞卻把這話聽進去了，購入最新款咖啡機，讓他能享受剛從原豆萃取出來的咖啡。

雲夢在咖啡機上貼了寫著「喝下苦澀咖啡，過上甘甜人生」的便利貼，豆子香氣掃過鼻尖時目光掃到這個句子，就覺得人生彷彿真的變甜了。

「要不要來杯拿鐵呢？」

按下自動蒸打牛奶的按鍵，白花花的牛奶便盛開成豐富的奶泡。Pororo 愛玩耍，Pororo 愛玩耍……雲夢反覆哼著同一段歌詞，因為只會唱這一段。

「嗚哇——啊！」

擔心瑛禹被頂樓突如其來的鬼叫嚇醒，江瑞急忙跑向瑛禹的房間，雲夢則找上頂樓。載英果不其然正在打沙包，冬眠的熊在皎白的月光下甦醒了過來，化身一匹狼放聲咆哮。不曉得是不是因為變成另一個物種，殘暴的程度也更上一層樓。

「喂喂，妳幹嘛啊？」

為了讓瑛禹鎮定休養，需要同居者格外留心與細心體諒，載英卻偏偏在這個緊要關頭醒來撒野。雲夢費了好大一番功夫才成功將載英與沙包分開。

「先冷靜下來再說，有什麼話好好講！」

「誰叫之後滾進來的石頭要搶走已經安定下來的石頭的位置。」

雲夢推想這句話是講給在綠門之家存在感逐日上升的自己聽的，不然就是載英因為瑛禹被迫搬進頂樓房一事感到憤怒。

砰！

趁著雲夢心不在焉，載英衝向沙包送上一記重拳。

「到底是怎樣！」

載英掙脫雲夢的阻攔，抱著沙包。與沙包融為一體的她嘴裡唸唸有詞。

「我就是沙包。」

喔？這樣下去眼看就要哭了耶？雲夢意識到載英眼眶閃閃發亮的東西是淚水後稍微退縮了。竟然是月夜裡拿自己跟沙包相提並論的狼在流淚，情況可真是尷尬。

稍後江瑞提著兩瓶紅酒上樓。三人的確有好一陣子沒一起喝紅酒了，雲夢和江瑞好奇只在公司和住家兩點默默移動——像幽靈一樣寄居在頂樓房的載英發生了什麼事。說這段期間疏遠了，旁敲側擊想問出個所以然，可不管怎麼問載英都只是重複同一段說詞。

「企劃製作人就像是緩衝墊，職責就是夾在中間被打爆。挨這邊的揍，挨那邊的揍；這邊擋一拳，那邊擋一拳。不是挨揍就是擋拳，不是沙包就是盾牌……」

雲夢和江瑞到最後還是不知道載英怎麼了，不過貌似是因為滾進公司的石頭而爆開來的，同時也讓她重新思考企劃製作人一職。可以推測載英迎來了人生的轉捩點。

✦✦✦

雲夢不想睜開眼睛，後悔自己誇下海口會負責陪瑛禹玩了。現在不過才第四天。吃完早飯一放下湯匙，雲夢就和瑛禹一起拼迪士尼拼圖，瑛禹拼對了每一片拼圖，雲夢只需邊鼓掌邊說些諸如「妳真的很棒耶！」之類的助興詞即可，畢竟雲夢哪怕只是摸一塊小拼圖都會被瑛禹打手背，但雲夢如果說「瑛禹可以自己完成耶」，試圖抬起屁股，瑛禹就會叫他坐下。

接下來輪到方巾遊戲。瑛禹把從外婆家帶來各種大小的粉紅方巾圍在肩上當作斗篷、綁在腰間當作裙子，頭上當然也不放過。把應該是過年過節用來包裝黃花魚乾禮盒的金黃色方巾繞在雲夢脖子上，雲夢彷彿成了奧運金牌得主般，手放胸口裝出心情澎湃的樣子，還順勢唱了一小節《愛國歌》。瑛禹好似不甚滿意，將金黃色方巾改綁在雲夢的頭上，雲夢此時宛如戴了金色冕冠的王，擺出嚴肅的表情。瑛禹果然還不滿意，綁了又拆，拆了又綁，反反覆覆。還叫想伺機開溜的雲夢乖乖待著，就這樣玩了一段時間……

「好無聊。」

爬到沙發上的瑛禹往後一躺同時說道。

「剛剛都在玩還會無聊？叔叔要善後剛剛吃的飯還要吸地板，瑛禹先休息喔。」

「不要。」

「不然要幹嘛呢？」

雲夢牽著瑛禹的手來到江瑞公司所在的大型購物中心裡的書店，江瑞說會提早下班來接走瑛禹，只要再撐兩個鐘頭就好。雲夢買了附有找隱藏圖案的書和色鉛筆的著色簿套組，跟瑛禹一同走進了書店旁的露天咖啡廳。

瑛禹喝著蘋果汁，一雙眼睛火速轉動忙著揪出隱藏的圖案，雲夢喝了雙份濃縮咖啡，眼皮卻仍不停合上。「鋤頭是什麼？」、「消防栓呢？」偶爾瑛禹詢問不認識的單字時再突然睜大眼睛回答。

「叔叔，黑笠！」

「黑笠？原來我們瑛禹不認識黑笠啊，黑笠是以前的人戴的一種黑色帽子，我們一起找找看吧？」

他嘴角上揚，朝瑛禹笑了笑，之後視線轉移到圖畫書上，最後停在對面桌的男子扁扁的後腦杓上。Oh my god！是熟悉的峭壁後腦杓。

難不成是禹燦熙！

雲夢如坐針氈。冷靜，冷靜。雲夢開始以鷹眼打量那位男子，看上去挺昂貴的西裝和皮鞋。哦喲！過得很爽嘛！錢被吞了的我穿著老舊的運動鞋配上皺巴巴的棉褲，捲款逃跑的你反倒一身光鮮亮麗。

推測是禹燦熙的男子對面坐著的女人果不其然也是身著高級正式服裝的職業婦女。哦喲，該不會在相親吧？錢被吞了的我忙著照顧小孩，捲款逃跑的你還在奢侈地談戀愛。

就在這時候，職業婦女把高級的皮革包背到肩上站了起來，男子也跟著起身。雲夢稍微瞥見男子的側臉，十之八九是禹燦熙了。

「叔叔，黑笠！」

「喔，等一下。」

雲夢深呼吸。

「瑛禹，聽好喔。叔叔現在有很急的事情，妳在這裡乖乖等我，不能亂跑喔。」

「要等多久？」

「一百，瑛禹會數到一百吧？」

女人帶頭，男子跟在後頭走了出去。

「如果數到一百叔叔還沒回來就再數一次……」

雲夢也慢慢起身，視線一邊追隨男子的後腦杓一邊說。

「我不認識一百。」

「那就十，把十數個十遍……」

雲夢和瑛禹對到眼，瑛禹的瞳孔寫滿了恐懼與混亂，對上那雙寫著「丟下我一個人要跑去哪裡？」的小鹿眼睛使雲夢退縮了。男子的後腦杓逐漸遠去，雲夢卻邁不開步伐。去抓他，把手搭在他的肩上，說一句：「哥很閒嘛？我的錢什麼時候還？」請咖啡廳店員幫忙看一下瑛禹然後快去快回就可以了。他一面梳理想法一面遲疑那男子究竟是不是禹燦熙。

靠，是在幹嘛？趕快跑啊！雲夢的大腦正在尖叫。就在雲夢把瑛禹拋到腦後，腳正要離地的剎那，瑛禹低聲數道：「一、二、三……」瑛禹細小的聲音如實傳遞不安與混亂，觸及了雲夢的背脊。順著背脊而下，層層包裹住雲夢的腳，雲夢的腳踝宛如被腳鐐銬住般動彈不得。

就在雲夢躊躇不前的時候，男子的後腦杓變得更加渺遠。不能就這樣放過他。

「瑛禹跑步很厲害吧？」

雲夢抓起瑛禹的手讓她也站起身來，果汁杯翻倒、色鉛筆「嘩啦啦」滾掉在地。啊！瑛禹的尖叫喚起週遭人們的注意，咖啡廳店員走了過來。

「需要協助嗎？」

「可以幫我看一下小孩……」

再次和瑛禹四目相交，瑛禹的視線轉向店員，目光變得警戒。雲夢聽見良心嚴厲的譴責。這是在搞什麼，在江南繁華地段把確診強迫症的柔弱小孩交給一個陌生人？

這樣做也不是，那樣做也不是的雲夢只能眼睜睜看著男子的後腦杓消失得無影無蹤。

「叔叔在說什麼呢，沒事沒事。」

雲夢再度把屁股黏回椅子上，若無其事地發笑。不管在何等情況下孩子都得是第一順位。把瑛禹擺在第一位是對的，我的選擇是對的，是對的，是對的。

雲夢和瑛禹一起找黑笠，又找了信封和王冠。瑛禹說要把王冠送給叔叔，作勢把王冠戴到雲夢頭上，應該要開開心心地對著孩子笑的，雲夢卻笑不出來。當他們幾乎找出所有隱藏的圖案時，江瑞現身了。

他們在回家的路上買了壽司，三個人圍著餐桌一起享用。江瑞把雲夢喜歡的富有濃濃火烤味的牛五花握壽司夾到雲夢的盤子裡，雲夢應該要吃得津津有味的，卻張不開口。他後悔沒有追上去，可又知道萬萬不可丟下瑛禹一個人，兩相抗衡，內心靜不下來。

要吃不吃地結束晚餐後，雲夢爬上頂樓撥了通電話給張前輩，告訴他今天遇到八成是禹燦熙的男子卻只得眼睜睜放他走的消息。

「像吃了地瓜一樣噎得令人鬱悶的小子。」

不知道是不是真的在吃地瓜，張前輩聲音含糊地嘀咕道。

被激怒的雲夢逼問：「那哥為了抓禹燦熙做了什麼努力？」又提高嗓門大喊：「哥算什麼！」一陣沉默過後電話那頭傳來張前輩摻雜自嘲的聲音。

「我就是像吃了地瓜一樣噎得令人鬱悶的哥。」

曦東的反應也相去不遠。

「不是說瑛禹是聰明聽話的小孩嗎？叫她等一下不就好了！」

「我看你是沒帶過小孩，大人的一下子對小孩來說是一個世紀。等著等著開始不安就會忘記大人叫她不要亂跑，變得不知所措。」

「哥是她媽嗎？」

「再見，臭小子。」

張前輩和曦東都不認同雲夢的選擇。

因為提早下班把工作帶回家的江瑞視線離不開筆電，在一旁沙發上滾來滾去纏著媽媽陪自己玩的瑛禹看見從頂樓下來的雲夢，面露喜色衝上前抱住雲夢。

「叔叔！」

「瑛禹，不要煩叔叔，差不多可以去睡覺了。」

「不要！」

瑛禹緊緊抓住雲夢的褲管，雲夢用眼神示意江瑞進房間工作，認真思考要和瑛禹玩什麼遊戲。想到了。玩一局眼力比賽！

「瑛禹只要比叔叔先眨眼睛就要立刻上床睡覺喔，okay？」

雲夢張大眼睛，瑛禹的眼睛也跟著出力。雲夢很快便放鬆眼睛和緩地凝視，但是瑛禹不曉得要領，眼睛仍在使力，不一會兒就眨眼了。

「走，走，去睡覺！」

雲夢大喊，可是瑛禹瞪著圓圓的眼睛堅稱自己沒有眨眼。硬要拗的話也是拿她沒轍，尤其當對象是六歲小孩的時候，派誰出馬都贏不過她。瑛禹不停眨著眼睛問道：

「可是叔叔，空殼是什麼？」

「裡面空空的，沒有內涵的東西。」

「所以是不好的囉？」

沒有用處的空殼，是不是該點頭認同它不是好東西，雲夢內心感到矛盾。沒有用處的用處，仔細探究的話肯定還是有它的用武之地。

「瑛禹很聰明欸？還知道空殼。」

「朱泰說我是空殼。」

什麼？朱泰這傢伙是誰！好不容易按捺住怒火。瑛禹上輩子是鹿嗎？看她一雙像小鹿的眼睛裡含著一縷悲傷。

瑛禹在幼稚園畫了幅畫。有一陣子十分著迷於昆蟲圖鑑的她畫了隻蝗蟲，朱泰看到她的畫丟下「空殼」兩個字。瑛禹說自己畫的是蝗蟲，如果你覺得是空殼那就是空殼吧。不曉得什麼是空殼的瑛禹不以為意，問題是在那之後，朱泰總是邊吐舌頭邊捉弄瑛禹叫她「乾巴巴的空殼」，還專挑老師不在的時候。

「那妳要說妳不開心啊，妳有跟老師說嗎？」

「這樣朱泰會被罵。」

「對朋友說了不好的話就該罵，捉弄朋友被罵是應該的。」

「這樣朱泰的心會受傷啊。」

哈啊，瑛禹這樣的話叔叔的心會受傷啊。

「妳不需要擔心這個，叔叔知道瑛禹很善良，但只要對自己善良就好。瑛禹心裡受傷、生氣都可以說出來，直接去告狀，這才是小孩子應該做的。」

瑛禹雖然點點頭，但不像是真心認同雲夢的說法。看樣子是個被教導不能讓任何人的心受傷的善良孩子，只能獨自受傷、獨自承受壓力，獨自受襪子卡在腳趾縫的強迫症所苦。因為太過善良了。

「瑛禹，以後遇到傷心的事一定要告訴叔叔喔，叔叔會穿隱形斗篷去敲那個人的頭。」

「哼……」

「真的啦，叔叔做得到，全都跟叔叔說！」

「真的可以嗎？」

「當然囉，我們之間可以這樣。」

隔天江瑞去了一趟幼稚園。覺得瑛禹因為強迫症休息不上學很可惜的園長透過和朱泰以及其他同學的面談得知了真相，代替沒能注意到此事的班導向江瑞道歉。

但是朱泰沒有道歉，不理解對空殼叫空殼有什麼錯，以及瑛禹心理受傷跟自己有何關係。到了差不多要放學的時間，朱泰媽媽刻不容緩地趕到幼稚園，她表示「孩子們之間發生這種事很正常吧」，沒頭沒腦地向江瑞問起瑛禹爸爸的職業。由於太過無言，江瑞根本懶得回答。晚一步登場的朱泰爸爸一面自我介紹是律師一面遞上自己的名片。我們朱泰平常都會玩詞彙卡牌，大概是因為這樣才懂得在日常生活裡使用這麼豐富的詞彙吧，邊說還邊笑。

「我原本還很驚訝朱泰竟然會拒絕道歉，結果見到二位就知道為什麼了。」

江瑞雖然想對著朱泰父母的臉吐口水，但最後決定丟下這句話便轉身離開。

✦
✦
✦

雲夢原以為短則一至兩週，長則一個月，結果成天在育兒的新世界裡掙扎、原地踏步。江瑞忙著尋找新的幼稚園，緣門之家附近的幼稚園六歲班已經額滿了。如果一直沒有釋出名額的話，雲夢的育兒生活便會無止境地延長，茫然化作超乎想像的重擔壓著雲夢。

吃完飯回頭又要再備料。瑛禹挑食，光靠捲的、拌的、炒的料理遠遠不夠，很快就用光所有招數了。

剛清理完回頭又要再清理。讀完書、畫完圖、辦完時裝秀後該整理的東西又堆積如山，還得牽著瑛禹去圖書館、遊樂場，一刻都不容分心或不樂在其中。雲夢提高聲調，始終笑臉盈盈，搞得精疲力盡，懷念起瑛禹上幼稚園的時候。

瑛禹也有想念的東西，那就是在外婆家度過的時間。瑛禹好想外婆外公，也好奇企鵝朋秀玩偶過得好不好，不知道怎麼表達這種心情只能一直放在心底。思緒反映在臉上成了一臉不情願。這個不好玩嗎？這個不好吃嗎？雲夢叔叔一直問，瑛禹也答不出個所以然。

突然間話變少也不太笑的瑛禹讓雲夢擔心了起來，決定換個方式問。

「瑛禹現在最想做的是什麼？」

「……」

「瑛禹想做的叔叔都能幫妳實現喔。」

「哼。」

「叔叔是萬能的！沒有超能力做不到的事，說說看嘛。」

「外……」

「外？外的話……外婆？」

嗚哇！瑛禹放聲大哭，光是聽著就讓人胸悶的兩個字，外婆。一直以來關在心房裡，努力壓抑的思念和沮喪化作的淚水傾瀉而出，瑛禹的臉頰上犯了洪水。

雲夢輕撫瑛禹的背，一邊說道：

「原來瑛禹很想外婆啊，早說嘛。跟叔叔一起去找外婆玩就好了啊。」

瑛禹哇哇大哭。

「因為外、外婆……生病，瑛禹超超超想外婆的……可是瑛禹去的話，外婆會累。」

「只要不讓外婆累就好啦，外婆應該也很想瑛禹吧？」

瑛禹說自己原本打算等到外婆通通好起來再去的，哭了好一陣子。雲夢覺得像烏寶寶般的瑛禹很懂事，同時又心生憐惜。那顆小小的心臟裡裝了對別人滿滿的體恤和關懷，超出她的負荷，身為大人的自己竟然沒能察覺，感到抱歉的雲夢也跟著哽咽了起來。

「走吧，外婆家在哪裡呀？」

「太陽大樓 501 棟 1203 號！」

瑛禹彷彿從來沒哭過一樣大聲喊道。

是因為這樣江瑞才說不要來的嗎。正心拖著不舒服的身子開始包瑛禹喜歡的飯捲。雲夢不知所措，幫忙炒了紅蘿蔔、煎了雞蛋。就是因為這樣女兒才說這人信得過呀？正心留意著雲夢的一舉一動，看他連在第一次造訪的別人家廚房都能像在自己家一樣暢行無阻。

「聽說你是載英的弟弟我可就放心了，實際見面發現你比江瑞說的還要可靠。哦！我們家金老師差不多要回來了。」

為什麼會突然迸出金老師……？上一秒還笑嘻嘻的雲夢瞬間變得僵硬。因為驚愕而瞪大的雙眼以及掛在嘴角的微笑形成奇異的對比，好似濟州石頭爺爺的容貌。

滴滴滴滴——聽見按玄關門密碼的聲音，隨後門開了，金老師踏了進來，瑛禹喊著外公衝上前去。先前誤以為是江瑞男人的金老師身分大白，雲夢太感激了，甚至有股衝動想對他一拜。

終於解除石頭爺爺模式的雲夢露出大大的笑容，九十度彎腰向金老師問好。金老師跟雲夢握了手，兩人面對面中間隔著餐桌略微尷尬地享用茶點，瑛禹一邊向正心解釋雲夢是個多麼搞笑的叔叔，一邊咯咯笑。

下了班的江瑞踏進客廳時，正心拍了拍瑛禹的肩膀——她枕在正心的膝頭上睡著了，金老師和雲夢正在叫喊：「乙支部隊只能前進！」那個「去麟蹄郡何時歸來，元通里待不下去」(註12) 裡描述的辛酸之地，大韓民國陸軍第十二步兵師團，又稱乙支部隊。兩人相隔三十個年頭，有在同一個空間裡奮力剷雪鏟到腰都快斷了的共同記憶。兩個共享冷冽的青春之冬的男人之間如今找不到一絲尷尬，看這個氣氛可是一個不小心就會發展成丈人和女婿的關係。兩人共飲桔梗威士忌。

江瑞第一次看到金老師喝醉，覺得他滿面春風的樣子很可愛。金老師像是抱著蜂蜜罐的小熊維尼，正心望著他的神情看上去十分幸福。這一刻成了化解江瑞一整天疲勞的營養補充飲，她由衷感謝在場的每一個人。

與此同時，綠門之家一樓陽台的門被打開了。一雙白色運動鞋踏進客廳，白色運動鞋稍微打開洗衣間的門，微微轉開廚房水槽的水龍頭，水一滴一滴地落下。打開一樓主臥室的門，裡頭的男生房簡陋得媲美白飯定食餐館的桌面擺設，白色運動鞋直接關上了門。然後悄悄走上通往二樓的階梯，打開階梯右手邊的房間門走了進去，這次的房間宛如親子咖啡廳的兒童菜單，小小的床、粉紅色棉被與黃色抱枕吸引了他的目光，目光再轉移到擺在兒童用矮桌上的冰雪奇緣拼圖。艾莎、安娜以及雪寶，每一塊拼圖都準確地待在自己專屬的位置上。他從中拔起一塊拼圖，雪寶的紅蘿蔔鼻子不見了。白色運動鞋安靜地關上門，走進對面的房間。那裡沒有什麼特別吸引人的物件，平凡到讓人洩氣，但還是得至少挑一樣東西弄亂。於是他把床上的枕頭翻面，將鋪得平平整整的棉被一角

註12：由韓國傳統喪禮中，抬著棺轎前往埋葬地點的路上會唱的歌曲改編而來，原歌詞翻譯：「現在離去何時歸來，冤痛到待不下去」。

折了起來。

「嗚哇——啊！」

頭頂上傳來鬼叫。

有人在頂樓的房間！白色運動鞋以最快的速度打開壁櫥躲了進去。

載英半夢半醒間覺得口渴，平常都會把水擺在伸手可及的範圍內，今天卻搆不著。靠！載英輕巧地撐起上身，把手探到房間的每個角落仍沒有發現水瓶的蹤影，意識到為了潤喉必須得下到一樓的事實而怒火中燒的載英一邊咆哮一邊走下樓梯。

通常瓶裝水會堆放在洗衣間的某個地方，所以最先去了那裡，洗衣間的門微開，平時應該沒人會打開這扇門，但載英沒有放在心上。瓶裝水也不在這。

這個時候載英經歷了第一次爆發，用腳「砰」一聲踹了鏤空許多大洞的塑膠洗衣籃，沒想到腳卡在洞裡。「靠腰！沒一件事順心！」大吼的同時把腳抽了出來。

正好從壁櫥裡出來肖想著逃走的白色運動鞋被載英殺氣騰騰的怒吼嚇到抖了一下。

與此同時，成功將腳抽離洗衣籃的載英來到廚房打開冰箱門，期待冰箱裡至少還剩下雲夢偶爾會煮的麥茶，但果然也沒了。喉嚨莫名地更加乾渴了。口渴與不耐相結合，促成了第二次爆發。「媽的！今天真是有夠不順，搞什麼嘛！」

聽到載英的鬼叫，白色運動鞋躡手躡腳地來到二樓陽台。

載英在一樓客廳注意到水滴落下的滴答聲。是跑去哪裡玩了，連水龍頭都沒關緊？載英一面抱怨一面轉緊水龍頭開關。可是客廳窗簾怎麼在亂飄？陽台門沒關嗎？載英走近一樓陽台。這些傢伙連門都沒關好就跑到哪鬼混啊？……就在她心想「該不會！」的瞬間，她猜想的情節就在眼前真實上演。

「砰！」是鈍物從二樓掉到庭院的聲音，直覺告訴了她那東西的真面目。載英像彈簧一樣把自己的身體拋出陽台，一邊大吼。

「站住！你這混蛋！」

載英吆喝道。頭戴黑色安全帽、身穿黑色飛行外套與牛仔褲滾落庭院的混蛋不曉得是不是扭傷了腳踝，步履蹣跚地開溜，還在庭院留下一隻白色運動鞋。

隔天一早，雲夢和江瑞、瑛禹回到家時，載英懷裡正抱著那隻白色運動鞋，宛如在炫耀戰利品。聽聞昨夜變故而動身的順子爸爸和順子正在仔細端詳嫌犯在陽台窗框留下的腳印以及陽台門把。從未見過順子爸爸如此認真的神情與銳利的目光，讓雲夢嚇了好一大跳，從他身上看到年代久遠的黑白電視裡會登場的元老級演員的風采，彷彿依稀聽見韓劇《搜查班長》的開場白。

「門不需要換，只要換新的門把就行了。」

班長去哪了呢？他的語氣聽起來就像社區五金行的大叔。

「不需要採證足跡或指紋嗎？」

載英對順子爸爸提供的協助感到的失望全寫在臉上，問道。

「妳當我是國科搜啊？妳不是保有證物了嘛，把它交給派出所啊。」

「那警察把這個交給國科搜採集ＤＮＡ就可以抓到犯人了，對嗎？」

「國科搜又不是吃飽太閒，有可能抓這種社區的犯罪者嗎？」

「那要由誰來抓？」

「當然是我們來抓啊！」

順子爸爸用毅然決然的眼神望著雲夢，雲夢連忙看向正在舔瑛禹的手的順子。

「瑛禹，要不要跟叔叔一起餵順子吃零食啊？」

雲夢盡可能自然地迅速退場，隱身廚房。

江瑞、載英與順子爸爸討論了對策，要等社區監視器都設置完畢還得花上好一段時間，替國家的經費擔心，還研究起了哪家無人保全系統性價比比較高。

有人提起這裡明顯住著雲夢絕非是只有女子居住的屋子，而且順子爸爸的經歷家喻戶曉，對方卻絲毫不畏懼，綜合這些線索來看，或許他不是單純的犯罪者。這才從載英的嘴裡迸出難道要考慮搬家嗎。

「我們不能展現出恐懼的一面，犯人就是看準了這個，享受讓人恐懼的感覺！」

順子爸爸稱自己晚上睡不著又早起，會一併守護自己家、綠門之家和這條巷子的意志熊熊燃燒，然後讚許載英向犯人咆哮的勇氣。不知道該歸功於載英讓犯人畏縮的咆哮，還是以偽經歷自我包裝的順子爸爸的徹夜站崗，正所謂狗屎也能入藥，這些看似沒用的東西似乎也起了作用，總之不見那傢伙在綠門之家周圍徘徊了。

第六章

早午餐

週二上午十一點，和煦的陽光灑落在鋪著白色桌巾的圓形餐桌上，祖母綠的餐盤上裝著蘋果布里起司開放三明治，麵包鐵籃裡是可頌、脆皮鹽可頌，白色沙拉碗裡裝著酪梨蝦子沙拉，最後是五杯冰美式咖啡。如此豐富的組合以早午餐來說毫不遜色，但更重要的是不需要自己親手準備，讓雲夢非常感激。

餐點有達到頂尖水準，一次滿足視覺、味覺及嗅覺體驗。如果硬要說有哪裡稍嫌可惜的話，那就是必須忍受一點噪音，但就連這點也可以被咖啡廳裡流出的甜美爵士旋律掩蓋過去，還算可以接受。雲夢臉上掛著幸福的微笑，望著噪音的來源——螢火蟲媽媽們。

瑛禹新加入了青羅幼稚園的六歲班，班級名稱是螢火蟲。額定人數是十五人，但是螢火蟲媽媽聚會的成員包含雲夢在內僅有五名，另外十名家長中的任一名都可以取代雲夢的位置，這只是個非正式也非義務的早午餐聚會。即便如此雲夢仍擔任其中的一點綠的原因不過是因為「孩子們感情好」。

瑛禹上學第一天，世俊是最先跟她搭話的同學，跟世俊要好的秀智、東河抓住從溜滑梯溜下來的瑛禹的手。幾天後，雲夢在幼稚園前面等待瑛禹放學，秀智媽媽走近，以「我們秀智很喜歡瑛禹喔！」向雲夢搭訕。

秀智媽媽朝世俊媽媽和東河媽媽招手。轉眼間雲夢就被三個女人團團包圍，自我介紹是瑛禹的叔叔然後彎腰問好，站直身一看，又多了一位看上去最年長的大姊——河那媽媽，一見到雲夢便笑著說：「歡迎歡迎！」

孩子們感情好的話媽媽們自然就會走得近，媽媽們各自的年紀、職業、個性、興趣等都不成問題。媽媽就像毛線追著針跑一樣，身心都自動追著孩子跑。

代替忙碌的江瑞負責接送與照顧瑛禹的雲夢受邀加入了螢火蟲媽媽們的群組。在線上分享的資訊與線下見面日常閒聊的內容截然不同，所以就算不出席線下早午餐聚會也沒關係。

即便如此，今天已經是雲夢第七次參與線下聚會了。只有起頭難，一旦跨出第一步，第二次聚會時就開得了口，第三次聚會時就敞開心門了。有一部分是因為雲夢自帶親和力的個性，開懷不拘束，另一部分也得多虧媽媽們像對待老么小弟一樣毫不見外又溫順隨和。

過年連假最後一天，雲夢被夾在姊姊們中間喝著年糕湯，讓姊姊們的聊天內容一耳進一耳出。現在就和那時相去不遠，邊用抹刀把奶油塗在脆皮鹽可頌上，邊漫不經心地聽著河那媽媽、秀智媽媽、世俊媽媽和東河媽媽的閒聊，只讓爵士樂流進耳蝸。

「我就說它去油垢效果也很優秀啊，起泡效果也很棒。我以為它是肥皂會很快就變得軟軟爛爛的，結果也沒有。很好用啦！姊姊們。」

秀智媽媽的嗓門本來就大，原先包覆著雲夢耳蝸的爵士樂被逐出九霄雲外。

秀智媽媽為了深受異位性皮膚炎和過敏性鼻炎所苦的秀智，開始關注當媽媽前沒有特別感興趣的環境保護議題，支持減塑運動。得到大家回家前會去趟零廢棄商店購買天然菜瓜布與環保洗碗皂的承諾後，秀智媽媽才結束聲討。接著問起了世俊媽媽最近新加入的線上健身平台。

「妳就去社區健身房就好，不然就參加文化中心的皮拉提斯或瑜伽課程。」

世俊媽媽說線上平台因為不需要在表定的時間參與，很容易會漸漸找一堆藉口不運動，所以下定決心要好好執行的話，最好還是要養成換上運動服出門去的習慣。

「首先要先出門，看是要走路、跑步還是要去體育館都好。」

她看著雲夢，雲夢以認同的點頭代替回答。

「對了，世俊媽媽今天不是要準備祭祀嗎？」

「是下禮拜二有高祖父的祭祀。這次已經說好我不去，只有世俊爸爸會回去。」

河那媽媽問起，世俊媽媽淡然回應。

世俊一家一年中有七次祖先祭祀、兩次節日祭拜。問這年頭還有家庭這樣過嗎？世俊媽媽的婆家就是其中之一。邁入結婚第九年，世俊媽媽才從高祖父母的祭祀中解脫，雖然不知道還要再等上幾年才能從曾祖父母的祭祀中解脫，但也只能期待那一天儘早到來。世俊媽媽嘆了一口氣後，轉頭問東河媽媽應徵的公司有沒有聯繫她。

「有啊，前天。他們說雖然我具有卓越的能力和潛力，但還是沒有錄取十分惋惜。」

東河媽媽用習以為常的表情說道。曾經在ＩＴ企業擔任電腦工程師的東河媽媽等到東河滿四歲上幼稚園以後，決定重回職場。但是求職的大門已經在她面前緊閉了兩年，已經過了擔心或許永遠等不到它開啟的那天而惴惴不安的時期。

東河媽媽也很清楚自己身為工作經歷中斷的婦女，在充滿動盪的求職市場裡根本沒有她的位子。過去同時兼顧工作與照料東河，但耐不住每天全身像是被人用球棒痛毆一樣的酸痛因而請了育嬰假，卻招致無法挽回的後果。

以為育嬰假能滿足孩子需要媽媽的愛、身體需要充電的機會，不料卻走到離開公司這一步。如今單挑育兒的大梁，別說是充電了，身體完全處於放電的狀態，只能病懨懨地在整型外科和韓醫院之間來來回回。在這個情況下，每週六上午還得海投履歷，就像她老公買樂透的方式。

「瑛禹媽媽不是獵頭顧問嗎？請她幫妳物色不錯的職缺啊。」

世俊媽媽看著雲夢說道。

「啊，當然好啊，我會問問看。」

光聽都不發言的雲夢一開口，媽媽們的提問就像螢火蟲般滿天飛。從好奇獵頭的工作內容到年薪、服務費等等，幾乎沒有雲夢答得上來的問題。

「你是瑛禹媽媽那邊的親戚還是爸爸那邊的？」

「媽媽那邊的。」

「仔細看瑛禹還真的有像到叔叔欸，尤其是笑的時候，眼睛跟顴骨下面真的有像。」

話語鏗鏘有力的河那媽媽非常認真。主修美術、經營美術遊戲教室的她以與生俱來的觀察力自詡。在四十二歲的高齡生下河那，現在已經逼近五十大關了，因此在一般情況下只要看一眼就知道對方有幾兩重，以人生歷練豐富的大姊自居。從這樣的大姊口中說出瑛禹和雲夢有幾分相似，讓雲夢感覺自己彷彿成了瑛禹的親舅舅。

「可是瑛禹爸爸打算什麼時候露臉啊？」

「啊？嗯……姊夫啊？」

方才被雲夢叉子戳中的粉紅色蝦子在沙拉碗裡抖動著瘦瘦的身體。

「世俊在問我啊。他說瑛禹爸爸超忙的，每天都有做不完的事，所以一直沒有回來，問我什麼時候才會出現。所以我就跟他說這種事不該問媽媽要問瑛禹才對，哈哈哈。話說回來瑛禹爸爸是做什麼的啊？」

「不是說在跨國企業上班嗎？在澳洲工作啊。」

幸好有從園長那邊探到口風的河那媽媽代替雲夢回答，不然可該怎麼辦才好。雲夢將蝦子放入口中咀嚼，緩緩地點頭表示認同。看樣子是江瑞在瑛禹入學面談的時候這麼說的，這種事至少要稍微向他提起吧。雲夢的叉子毫不留情地戳進淺綠色的酪梨。

✦✦✦

那天晚上雲夢一邊從烘衣機裡拿出衣服，一邊問江瑞。

「瑛禹的爸爸在澳洲嗎？」

江瑞沒有回答，只是直言她對於雲夢參加班上媽媽們的聚會一事感到不自在，問雲夢跟一群大嬸坐在一起七嘴八舌很有趣嗎，叨念個不停。貌似在嫉妒的江瑞看在雲夢眼中隱約有幾分可愛，雖然不過是自己的錯覺。

「有趣啊，有些東西是在線上討論的時候感受不到的。」

雲夢臉上掛著一絲若有似無的微笑。

「所以就花錢花時間出來聊？幹嘛買菜瓜布，家裡沒了？洗碗機是擺好看的嗎？」果然是錯覺。此刻的江瑞不正是那種指責妻子拿孩子當藉口在外玩樂的丈夫嗎？雲夢扭曲江瑞的話，反駁道：

「也要懂得打理家庭的人才會理解啊！隨便把碗盤丟進洗碗機就好了嗎？要先大致上刷過一遍才能擺進去，要刷碗盤就需要菜瓜布，既然要買就買天然環保的產品，從這種小地方體貼一下地球，很難懂嗎？」

對雲夢來說，可以透過螢火蟲媽媽聚會共享育兒資訊和打理家庭的小訣竅，是一個學到東西再向他人分享的實踐大愛的共同體，更是分享主夫主婦生活的喜怒哀樂、互相同理、產生共鳴的場域。明明什麼都不懂就擅自將它貶低為聊八卦的聚會，雲夢怎麼可能不被激怒。

「幹嘛這麼嚴肅？我只是擔心你硬是被媽媽們拖去參加聚會而已。」

「我是小孩嗎？我才沒那麼被動，隨隨便便就被人拖著走好嗎？」

「對不起，是我想太多了。」

江瑞乾脆俐落地道了歉，說要摺衣服便提著籃子走上二樓。雲夢為了大致上刷一遍晚餐的碗盤，拿起今天新買的菜瓜布。一個碗盤、兩個碗盤、三個碗盤、四個碗盤……怎麼洗都無法平息雲夢沸騰的內心。雲夢丟開菜瓜布，腦海中突然浮現一個句子。

「別隨意丟棄菜瓜布

你可曾是誰眼中的潔淨之人嗎」

別隨意踢煤灰，你可曾是誰眼中的熾熱之人嗎？（註13）僅僅兩行的反問短詩藉著為了將自身的溫度全分給他人，自甘燃燒化為灰燼的煤炭歌詠一生利他的崇高。

註13：韓國詩人安度眩詩作〈向你問起〉（너에게 묻는다）。

雲夢認為菜瓜布全身裹著泡沫任由自己被割傷刮破，只為替碗盤除去汙垢而獻身的利他性與煤炭並無二致。菜瓜布的犧牲又可以連結到主夫主婦。回到房間的雲夢打開筆電，一口氣寫了長達兩頁的文章。

幾天後，世俊媽媽以右手臂與肩膀打了石膏的狀態出席螢火蟲媽媽聚會。起因是在等紅綠燈的時候被人追撞車子的後保險桿。

「要出事也選在……都說有福氣的媳婦到了過年過節的時候又是斷手又是得流感的，我怎麼偏偏挑在這時候呢。中秋節再出事不好嗎。」

每逢祭祀或過節就得煎上數十張白菜煎餅的世俊媽媽提前為距今還有三個月的中秋勞苦唉聲嘆氣。雲夢不放過她的一字一句，全都儲存在腦海中，一回到家便立刻喚醒筆電敲打鍵盤。

「我婆家的九月
白菜煎餅煎熟的時節
婆家世界嘮叨成串
遠方思念的娘家面孔一張張刻進我的夢鄉」

青葡萄（註14）換成白菜煎餅，將失去國家身處遙遠異地，一面懷想祖國一面祈願光明未來的詩中話者心境轉換成思念娘家親人的主婦之心。拖著忙於料理、收拾煮給婆家家人吃的一桌飯菜而疲憊不堪的身子，回到娘家坐享母親料理的一桌飯菜——在成為誰家的媳婦之前，更想做原生家庭的女兒的大韓民國主婦們，雲夢向她們傳遞的敬畏之情轉眼間又填滿了兩張稿紙。雲夢考量到回城的高速公路會很壅塞，最後加上一句話作結：「老公啊，別只是躺著，去發動車子吧。」

幾天後，為了添購大醬湯的材料去一趟超市的雲夢買了只需要加水的調理包取代大醬、馬鈴薯、洋蔥。當晚寫作時引用了某位民族詩人的詩作（註15）。

「不需要挑選及備料的調理包

從前還不曉得

註14：韓國詩人李陸史詩作〈青葡萄〉（청포도）。
註15：韓國詩人金素月詩作〈從前還不曉得〉（예전엔 미처 몰랐어요）。

做飯原來可以這麼簡單

從前還不曉得」

調理包裡含有簡單處理過的食材與專家製作的高湯、醬料，因此只要照著說明書上的指示好好調理就可以端出經過認證的味道。調理包可以節省時間與心力又不會浪費食材所以可以減少廚餘的優點，以及包裝垃圾、調味料過量的問題皆被雲夢一一寫進長文中。

某天夜裡以歌詠天空、風、星星的心情描寫主婦拔除附著在毛衣上的灰塵、頭髮、毛球的手巧細膩。另一個夜裡，以苦苦等待木蘭綻放而後終於迎來春日比喻等待購物點數和買一送一活動通知，最後以最低價格購入心儀商品的喜悅。

「謝謝，都是託你的福。」

去過一趟請聽話中心的江瑞這麼說。姜醫師說瑛禹能夠走出強迫症開開心心地生活都是周遭親友的功勞，過去都說一個孩子是整個村莊共同養大的，點出共同育兒的重要性。江瑞為自己曾經批評螢火蟲媽媽聚會向雲夢誠心道歉。

「照你說的把瑛禹送去河那媽媽的美術遊戲教室好像也是對的。」

當雲夢告訴江瑞瑛禹想和河那一起畫畫的時候，她並不是很樂見，找藉口說以後再送瑛禹去上更好的美術班不是更好嗎？但對這樣一來每週有兩天可以多出兩個小時自由時間的雲夢來說怎能輕易放棄，他反駁說這都不成理由，沒過幾天江瑞便妥協了。

第一堂課結束後河那媽媽詢問瑛禹家裡有沒有擅長美術的人。

雲夢只用模稜兩可的微笑帶過。

正好想起這件事的雲夢向江瑞問起。

「遊戲教室那邊說瑛禹對配色很有天分，姊妳很會畫畫嗎？」

江瑞不承認也不否認，逕自走上二樓。

啊對！雲夢後知後覺地想起頂樓房間裡的畫作，色彩都很漂亮。瑛禹是遺傳了那幅畫的主人，那幅畫的主人大概就是在澳洲的那一位，哈……

雲夢感受到自己在可稱做主夫生活巔峰的育兒領域變得更加經得起考驗。不是有人說養小孩的同時自己也會跟著成長嗎？雲夢引頸期盼比昨天還要成長一扠、比今天還要成長一扠的明日。明日的自己和瑛禹都會更加茁壯。

有時和瑛禹對話，會因為自己吐出的金玉良言而自覺了不起，有時也會反省自己只能做到這樣嗎？

以瑛禹的高度看待世界的同時，雲夢也變得無比開朗純真，在大人會想睜一隻眼閉一隻眼帶過，當作沒這回事的情況面前屢屢猶豫。不能因為看見沒車子就闖紅燈，在小孩面前連冷水都不能喝，怕自己的小孩流淚絕不能心懷惡念，古時候的話真是一點也沒錯，從名為瑛禹的鏡子裡會映照出雲夢的模樣。今天雲夢打算以一首描述哭成這個樣子就為了讓一朵菊花綻放的詩歌傳達育兒的欣喜，他打開筆電組織詞彙，一字一句精雕細琢。

每天晚上雲夢都召喚一首學生時期刊在文學教科書上的韓國名詩來寫散文。若是那晚想不到詩，就回想先前租屋處書櫃裡滿滿的書籍，大部分是從大學路的二手書店取得的，不曉得有沒有讀超過一半。縱使想不起來內容，光是靠清楚記得的書名就帶給雲夢不少靈感。

以〈那麼多的咖哩哪裡去了？〉（註16）為題傳達主婦看著小孩吃得津津有味感受到的心滿意足，以〈此刻不打掃的人，都有罪〉（註17）為題歌頌雖然辛苦但打掃完通體舒暢的喜悅。以〈因為孤單才是主婦〉（註18）為題撫慰主婦們的憂鬱，以〈天氣好的話，我會洗衣服〉（註19）為題寫下某回在頂樓晾棉被時思考灰塵和空氣的經驗，跟在國防部靜止的時鐘指針下寫字時一樣，雲夢勤奮地寫了又寫。

「幫我告訴瑛禹媽媽我真的很謝謝她。」

東河媽媽邊遞給雲夢一個包裝精美的禮盒邊說道。

「我們通過電話了，她說不用，什麼都不收，但我心裡過意不去啊。這裡面是絲巾，不知道她喜歡什麼所以就照我的眼光挑了。」

雲夢是不曉得江瑞的喜好，但是這用來給瑛禹玩方巾遊戲再適合不過了，想到這裡嘴角漾起一抹微笑。

晚一步才開始關注螢火蟲媽媽聚會的江瑞上回向公司請了半天假參加聚會。表示抱歉太晚來打招呼了，但一直很感謝大家在各方面對瑛禹的關照。螢火蟲媽媽們熱烈歡迎

註16：韓國作家朴婉緒小說《那麼多的草葉哪裡去了？》。

註17：韓國編劇盧熙京散文集《此刻不愛的人，都有罪》。

註18：韓國詩人鄭浩承詩作〈因為孤單才是人〉（외로우니까 사람이다）。

註19：韓國作家李道宇（音譯，이도우）小說《天氣好的話，我會去找你》。

江瑞的加入，其中最高興見到江瑞的莫過於工作經歷中斷的東河媽媽，江瑞聽聞東河媽媽的情況後，把她的履歷轉交給公司ＩＴ組的張次長，恰好與急徵有相關經驗者的企業媒合成功。這間公司距離通過上市 KOSDAQ 的預審就差臨門一腳，而且還實行彈性工時制度，獲得包含東河媽媽在內全體螢火蟲媽媽們的歡呼。

今天聚會的目的就是替下週要去公司報到的東河媽媽加油。

「我會好好轉交的，恭喜妳找到工作！」

雲夢舉起酒杯，螢火蟲媽媽們一齊碰杯。大家喝著無酒精啤酒一面談論未來即將面臨的水深火熱，上下班時間的交通煉獄、業績煉獄、人際關係煉獄、兼顧育兒和工作要面臨的雙倍辛勞煉獄等等，即便列舉了各種煉獄，臉上仍幸福洋溢。

到了差不多要散會的時候，東河媽媽遞上名片。都還沒上班公司就先把名片宅配到家了，她說看到自己的名字三個字印在上頭差點落淚。

原來東河媽媽的名字是李智恩，大家稱讚她有個很美的名字，聲音裡都噙著淚水。

「我的名字是金善雅。」

河那媽媽說。

「我是文花英。」

世俊媽媽接棒。

「崔周慧。」

秀智媽媽自我介紹。

都有名字。雖然這段日子以來被稱作誰的媽媽過著無名的生活，但她們都有名字。

大家內心一角變得軟乎乎，不發一語。

「我們以後叫對方名字吧，不要說誰的媽媽。」

她們因為河那媽媽的提議心都要化成水了，大力點頭。

「我叫具雲夢。」

雲夢的發言讓原先有如教堂般沉重的氣氛一瞬間變得跟菜市場一樣喧鬧。真的是九雲夢嗎？出現在文學裡面的那個九雲夢？螢火蟲媽媽們一人說一句，雲夢一如既往從有九團白雲的胎夢開始講起，也不忘解釋與西浦金萬重的小說《九雲夢》的差異，聊得十分起勁。

回到家後，雲夢寫了以〈媽媽們叫著自己的名字〉（註20）為題的文章。是對這段時

註20：韓國作家金瑩景小說《鳥兒們叫著自己的名字》（새들은 제 이름을 부르며 운다）。

間以來摘下名牌，以誰的媽媽、誰的妻子、誰的媳婦的身分過活的她們表達敬畏和感謝之作，在劃下句點後餘韻仍未散去，雲夢過了好一會兒才合上筆電。

雲夢一邊喝著啤酒一邊瀏覽著搜尋結果，發現了讓文章成為作品的平台——brunch。是藉著酒勁嗎？不知源頭的心血來潮讓雲夢點擊申請成為作家，流暢地填完作家介紹和未來作品計畫的欄位。自認不可能被選中，真的只是抱著隨便一試的心態。

然後突然想起東河媽媽的名片。我也要有自己的名片！雲夢搜尋製作名片的業者，知道沒有機會真的遞名片給別人，所以也只是做做而已。能行雲流水地填寫自述未來作品計畫的大大欄位，卻始終無法寫下要印在名片上名字前面的職稱，那簡單的幾個字。絞盡腦汁後雲夢輸入了四個字。

青年主夫

✦ ✦ ✦

咖啡廳裡很清閒，雲夢點了一杯美式咖啡，坐在採光良好的窗邊位子，比美式咖啡還要早送上桌的是一張名片。

「幸會幸會，具作家。我是昨天致電給您的高喊出版社的代表高東基。」

高代表遞出握手邀請，雲夢站也不是坐也不是，以模稜兩可的姿勢握住他伸出的手。

「請坐。」

雲夢遞出名片邊說。

「哈哈哈！青年主夫具雲夢！很幽默嘛。」

竟然說幽默。這可是在經歷自嘲、死心和接受的漫長心路歷程後，好不容易用一撮頭髮換來的身分認同。即便不是為了博君一笑而製作的名片，但既然對方笑了，雲夢也以一個淺淺的笑容回應。

「文章寫得真好，絕對是我近期讀過的作品裡面最棒的。」

「只是隨意寫寫的而已，沒什麼。」

接到被選為 brunch 作家的通知後，雲夢分次將這段日子以來寫的文章上傳到平台上。昨天，充滿主夫感性的十一篇文章都上傳完畢了。雲夢接到高代表的電話，分不清這是夢境還是現實。出版作品哪裡是件容易的事，雲夢判斷是詐騙，但沒有阻止高代表說要來家裡附近拜訪他的請求，心想反正見了面發現是詐騙就當作沒這回事就行了。

雲夢掛掉電話，搜尋「高喊出版社」。那是間專門出版散文的出版社，至今只出版過三本書，分別是集結了機車同好會會員們故事的《今天也向前衝》、某個懷抱夢想的幼苗熱愛射箭，卻沒能選上國家代表只能停留在常備軍的《朱蒙的後裔》（註21）、生魚片店的老闆回憶當年漁夫父親奮鬥的那些凌晨所撰的《漁夫的世界》。書名就跟出版社名字一樣陌生。

雲夢的書將會和賣不出去的書——連出版了都無人知曉的作品們肩並肩擺在同個架上，無止境地積灰塵。未來竟如此清晰可見，該不該現在就放棄？要傳訊息告訴他沒必要親自跑一趟嗎？雲夢陷入深思的同時，滑鼠停在某篇採訪報導上，是個在國外紀錄片影展獲獎的獨立電影導演的採訪，他說自己深深受到《漁夫的世界》啟發，下定決心要將它影視化。

不能放棄。倘若被誰看中售出版權的話大有可能翻身，未來竟如此振奮人心。被期待沖昏頭的雲夢甚至失眠了，一大早起床把自己打理得光鮮亮麗，現在坐在這裡。

「我做夢都沒想到會有出版社聯繫我。」

雲夢故作謙遜。

「我覺得青年和主夫的組合很新鮮。」

高代表列舉了青年創業、青年住宅、青年儲蓄、青年貸款、青年失業等關鍵字，感慨如今人們都厭倦了這些比起充滿希望的明日，更凸顯今日辛勞的單字，因此雲夢的文章能夠帶給同時代的人們歡笑與共鳴，還能更進一步撫慰人心。接著詢問雲夢寫這些文章的契機為何。

雲夢簡短有力地交代自己與母親和四位姊姊一同度過童年，進了法學院卻發現不適合自己，在話劇界邊緣打轉，然後進到了綠門之家獨擔家事和育兒的責任。

高代表把焦點放在法學院出身的秀才寫的主婦共鳴散文上，文章寫得怎麼樣固然重要，但出自誰的手也很重要。比起主婦寫主婦的日常，由與主婦八竿子打不著的青年執筆，甚至是將來要搞法律的青年以打臉主婦的手藝分享主夫的日常，這個題材在市場上具備稀少性。其實在來找雲夢的路上，高代表非常苦惱雲夢的生活雜記是否具備出版的價值，後悔是不是聯絡得太倉促了，最終抱著「既然已經約了就赴約吧」的心態，殊不

註21：東扶餘語中「朱蒙」一詞意味「善射之人」，高句麗開國國君東明王朱蒙自幼善射箭，百發百中，因而得名。

知發掘意料之外的商業價值而鬆了一口氣。

「做家事雖然得仰賴裝備，但手也不可能不沾到一滴水，也不是輕輕動一下手指就可以完成的。按一下吸塵器按鈕就會乾乾淨淨了嗎？要清空集塵袋、要洗拖把。烘衣機也不可能自己把衣服吞進去烘、自己晾乾，對吧？需要有人把它們甩一甩放進去，再拿出來甩一甩折起來。沒有一件事不需要人打理，這本書就會講述日復一日做這些差事的主夫主婦故事。」

「哈哈哈！從具作家身上看到我妻子的影子。」

高代表再一次開懷大笑。

幾天後，合約書寄到家裡來了。雲夢在合約書上蓋章的時候，忽然想起媽媽很久以前用的飯鍋。雲夢還在蹣跚學步的時期有個電視節目叫做「精打細算籌家用」，節目進行模式是由出演節目的主婦們搶打狼牙棒答題，每答對一題會頒發獎品給優勝者取代獎金。每一題會賭上冰箱、電視、洗衣機、音響等獎品，可說是最適合籌備家用品的節目。甚至到了年末，會贈予總決賽的優勝者位在汝夷島大樓的一間房子。雲夢當然不曉得這件事，就算他搖搖晃晃地經過電視機前看到了也絕不可能記得。

雖然不曉得怎麼搞的，總之張金頤女士出演了這個節目，但她只答對了一題，而那題賭上的獎品是最新型的電子飯鍋。根據姊姊們的說法，抱回最新型電子飯鍋的媽媽彷彿狀元及第般洋洋得意。還點炸醬麵、糖醋肉給前來看一眼飯鍋湊熱鬧的社區居民們吃，大張筵席，本末倒置。

雲夢隱約記得直到小學六年級，張金頤女士都還在用那個飯鍋。用到白玉色的飯鍋泛黃、磨損的電源鍵按不下去、飯鍋成了飯桶為止，張金頤女士都靠那口鍋煮的飯把孩子們餵飽。

轉眼間便產出了以〈抱著你的飯鍋吃了好幾天〉（註22）為題的文章。如今市面上有各式各樣的速食微波米飯，雲夢的筆下承載了那個時節放學回家用飯匙舀一口恰到好處的飯送進嘴裡的鄉愁，歌詠母親的愛。

又過了幾天，預先支付的版稅匯入了雲夢的戶頭。拿錢前後有所改變是人之常情，雲夢想讓自己的文章從生活雜記昇華成有格調的散文，在字裡行間融入主婦的、對主婦的、為了主婦的洞察。

註22：韓國詩人朴濬詩作〈為你取名字花了好幾天〉（당신의 이름을 지어다가 며칠은 먹었다）。

在家裡幹嘛？這個怎麼沒做？家庭成員就這樣把自己該做的事塞進主婦的時間裡，嘴上說著當然要一起做啊，實則將育兒與家務勞動的很大一部分都交給主婦。雲夢想要給他們一記當頭棒喝，描寫主婦喘不過氣的二十四小時，主張把時間還給她們。期待一篇篇記述主婦工事與主婦之愛的文章能夠提升主婦的社會地位，打開對主婦的付出感同身受的時代大門。雲夢萬般期待。

與此同時讓大眾重新看待主婦。以為沒機會遞給別人，半開玩笑製作的「青年主夫具雲夢」名片竟然如此令人自豪。難道不是因為青年主夫的身分才寫得出這些文章嗎？雲夢誤打誤撞踏上作家一途，如今想要寫出好文章的欲望熊熊燃燒。越是慘烈越不能草率！雲夢勤奮地找來人文、社會、經濟、醫療各領域的專業著述畫線做筆記，一面苦讀一面完成文章。

是發條上得太緊了嗎？又是操身體又是動腦一刻不得閒的雲夢進入放電狀態，大腦呈現一片空白，電腦螢幕上的稿紙也散發著留白的美。去透透氣吧！時值搬進綠門之家後迎來的第二個季節，一個抓緊夏季尾聲的夜晚。雲夢走上頂樓深呼吸，在月光沐浴下徒手做體操，一面欣賞社區的夜景。

整個世界都陷入沉睡的深夜十一點，雲夢瞧見江瑞朝著家的方向走來。是因為有好一陣子沒加班了，累積很多工作嗎？江瑞看上去非常疲倦。

「呃啊！」

這時一聲垂死的慘叫傳入雲夢耳中，江瑞正好端端地走過來。難道是聽錯了嗎？雲夢傻愣愣地轉頭張望，又聽到「啊！」一聲較低沉的女子悲鳴。白色運動鞋！雲夢十萬火急地從頂樓直奔而下。

江瑞還剩下二十公尺就要右轉進入綠門之家座落的巷子，與此同時雲夢正要從巷子裡轉出去，一位頭戴黑色安全帽的男子猛然從對面巷弄衝了出來，後頭傳來一聲「抓住那小子！」。雲夢沒有左轉跑向江瑞，而是直行用身體衝撞黑色安全帽。黑色安全帽太過輕易地摔了個四腳朝天。

他只顧著身後，肯定壓根沒想到有人會迎面撞上來。雲夢騎到毫無防備的黑色安全帽肚子上，一雙白色運動鞋鮮明地映入眼簾。你這臭小子！雲夢率先揚起失去理智的拳頭。

「喂！雲夢！」

如果不是江瑞大吼衝過來可就糟了，雲夢擊中黑色安全帽的的拳頭鐵定碎得稀巴爛。江瑞一把抓住雲夢懸在半空中的手腕，大喊道。

「怎麼回事？這個人是誰？」

「白色運動鞋！」

江瑞連忙撥打一一二，就在她要按下通話鍵的那一刻，黑色安全帽大力搖頭晃腦一邊吼道：

「雲夢，是我！是我啦！」

是熟悉的聲音。嚇了一跳的雲夢向上滑開安全帽的遮陽鏡片。

是禹燦熙。

✦✦✦

雲夢和禹燦熙在便利商店的戶外座位區相視而坐。

「你也住在這附近呀？我住在旁邊，剛搬來沒多久。」

禹燦熙撓撓頭邊說道。

「不關我的事，把錢還我就好。」

雲夢冷冷地丟出一句，拉開啤酒罐的拉環。「喀噠——」清脆的聲響讓雲夢還沒沾上一口啤酒，翻騰的內心就先稍微沉靜了下來。

「喔，會啦！當然要還。我住的地方離這裡很近，叫做復活考試院，走路二十分鐘？」

「就說不關我的事了！」

雲夢冷不防大吼又接著問。

「你在做外送？」

「要混口飯吃啊。」

禹燦熙用一副很可憐的嘴臉唸唸有詞，隨即又換上一個明朗的表情。

「欸！不是說該發生的事註定會發生，該遇見的人終究會遇見嘛，果然是真的耶。我們竟然這樣遇到，太令人開心了吧！」

一張嘴就以為什麼話都可以說了。太令人開心？雲夢捏扁啤酒罐。要不是金姓工讀生走上前來，啤酒罐早就已經飛向禹燦熙了。

「大叔怎麼能只拿啤酒走呢？」

金姓工讀生掏出雲夢買給瑛禹但是落在櫃台的果凍，然後放了一盒兩種口味各半的豬腳餐盒在桌上——是即將過期的商品。微波食品一旦過了有效期限工讀生便可以逕自享用，因此再過九分鐘那盒豬腳餐盒就歸金姓工讀生所有了。

「這是招待您的。」

「不是還可以再賣一下嗎？你這是業務侵占喔。」

「那您十分鐘後再撕開包裝吧。」

上一秒還對著雲夢笑嘻嘻的金姓工讀生發現禹燦熙嘴角的血漬後問道：

「裡面有ＯＫ繃，需要給您一個嗎？」

「幹嘛一直拿東西來？這也算是侵占喔，你別鳥他。」

金姓工讀生對雲夢不同於以往的粗俗語氣感到訝異，又問道：

「對了，聽說抓到白色運動鞋了？兩位剛才也在打鬥現場嗎？」

「才不是，你進去工作吧。」

「我有看到警車跟救護車吵吵鬧鬧地開過去，順子爸爸應該沒事吧？」

管很寬的他一面碎唸著順子爸爸在醫院的話該由誰來餵順子吃飯，一面走進便利商店。

禹燦熙還沒等上十分鐘就撕開了豬腳餐盒的包裝。明明饞到快瘋了卻咬不下去，因為稍早被雲夢揍的下巴還在痛。

一個小時前禹燦熙正在外送宵夜，機車的外送箱裡裝著豬腳。其實打從一出發他就略微感到不安，發動機車的時候油表的指針擺動了一下，平常快沒油的時候騎個二十公里也不成問題，於是就沒把它當一回事，畢竟外送距離來回也不超過十公里。

不料機車卻在路上突然熄火。禹燦熙亮起警示燈，一路使勁把機車推到巷口停在電線桿旁邊，開始跑向客人的家，一邊慶幸這回外送的是豬腳而不是麵類或有湯汁的食物。禹燦熙完成了外送，用手機搜尋距離最近的加油站位置，正準備拐出巷子時不曉得哪個人像蝙蝠一樣飛出來，害他向後摔倒。

壓在禹燦熙肚子上的蝙蝠不知道都吃了什麼，體重跟嚇人程度足以媲美無齒翼龍，每餐只吃三角飯糰胡亂果腹的禹燦熙根本沒有力氣與翼龍抗衡。有個稱翼龍為雲夢的人跑過來介入，翼龍滑開安全帽的遮陽鏡片確認過禹燦熙的臉後眼睛裡冒出火光，終究還是給了他憤怒的一拳。

雲夢痛毆禹燦熙下巴的那一拳比想像中的還要火辣。禹燦熙心想雲夢這小子也懂得出拳嘛，一笑又再吃上一拳。

案發現場和禹燦熙外送的客人住家方向相反，與他毫不相干。年輕女子的慘叫是從那裡傳來的，當時碰巧在附近巡邏的順子爸爸真的抓到了白色運動鞋。白色運動鞋是一名十八歲的少年，試圖用從年輕女子家中攜出的短刀行刺順子爸爸，成功避開攻擊的順子爸爸只有腰間被刀子劃過輕微擦傷，隨後人被救護車載去了醫院。雲夢雖然搞了個烏龍，不過陰錯陽差之下也抓到了該抓的人。

雲夢心寒地看著禹燦熙茫然盯著吃不到的豬腳，禹燦熙卻徹底誤會了他的眼神，邊用拳頭擦拭嘴唇破皮的滲血，邊說道：

「不用感到愧疚啦，搞錯也是情有可原嘛。」

有可能感到愧疚嗎！雲夢多想痛毆禹燦熙一頓，是看在江瑞要他用言語解決的分上才忍下來的，此刻拳頭正在哭泣。雲夢虛脫地笑了笑，然後開口。

「是哥才要感到愧疚，該不會以為騙錢也是情有可原的吧？」

「我本來也正打算聯絡你，真的。我很快就會還錢，一定會想辦法還。」

「很快是什麼時候？用什麼辦法還？」

雲夢開始挖苦禹燦熙，說他晚上要跑外送，白天還要打扮那一身行頭在江南談戀愛肯定很辛苦，哪還有精力存錢還債。

「江南……？」

禹燦熙想了好一會兒，說既然看到自己了為什麼不跟他打招呼。

「那天我是去貿易公司面試，那個女生是公司的人。欸，你覺得我有本錢談戀愛嗎？」

「所以錄取了？」

「沒上。我就是這樣了吧。」

禹燦熙一向如此，邊自責「我怎麼可能」、「我就是這樣了吧」邊露出一抹苦笑，這是要對方別再戳自己痛處的防禦招數，同時也是窩囊又無恥的要求。

「就業不就業都是哥的事情，把我的錢還來。」

「知道了啦，臭小子。」

禹燦熙還在努力嘗試要吃豬腳，可是下巴張不開，於是走進便利商店拿了根吸管插進啤酒罐，好暫且撫慰飢腸轆轆的腸胃。那景象何止是可憐，已經到達窮酸的境界了。看了不該看的東西，雲夢一口也嚥不下去工讀生好心送的豬腳。

「你還記得嗎？」

禹燦熙沒頭沒尾地說起某個夏天被浸在西海前的那台車子——現代 Starex。

那天在話劇社的辦公室裡，記不得是誰了，反正有人提起自己女友的故鄉是瑞山。

那個人說自己很想念一放假就回老家的女友，又有另一個人說自己剛好想看海。同在辦公室裡還處於宿醉狀態的張前輩緩緩抬起頭說：

「我們，要不要一起去？」

酒還沒醒的有錢前輩深愛著後輩們。這時恰巧走進辦公室的禹燦熙開口：「租一台車嘛，哥。」想給女友辦一個驚喜派對的某人以及想享受夜海的某些人意氣相投，七名花樣少年少女像碰到水的魚那樣活蹦亂跳地上了 Starex，雲夢沒有特別想跟去，是在禹燦熙的慫恿之下坐上車的。理由是車子是十一人座，還有多出來的位置。

車子在西海高速公路上奔馳了好一陣子，某人的女友不接電話，直到車子駛離交流道了電話仍沒有接通，Starex 頓失目的地。這時某人大聲提議隨便去一個看得到海的地方。把車子停在廣闊的沙灘前，七個人衝進大海。玩了好一陣子，只剩下六個人。發現張前輩不見的時候，車子已經駛進了沙灘，開車的人正是張前輩。事後後輩們問張前輩到底是怎麼想的，張前輩抱著頭回答自己以為車子可以在荒漠裡奔馳，就像電影《瘋狂麥斯》裡演的那樣。他提出對出遊主揪者從寬量刑的訴求，後輩們也就不再追究。

當時沙子吞噬了車輪，被埋入沙中的輪子只能原地空轉，大家貼著 Starex 開始推車，車子當然不為所動。有人跑去找里長大人求救。晚霞渲染天空，漲潮浸濕沙灘。水淹到腳，又淹到膝蓋，車子也無法倖免。一群人成功營救車上的行李，費了好大一番功夫才把堅持不能丟下車子，緊黏著 Starex 的張前輩抽離開來。在大家逃出沙灘的那一刻，雲夢忽然想起剛買的最新型筆電還放在車裡。過半的車身已經泡在水裡了，禹燦熙要雲夢放棄筆電，但雲夢做不到，發了瘋似的撥開海水朝著 Starex 而去。你這個蠢蛋！禹燦熙立刻給我出來！禹燦熙邊吼邊跟著跳進海裡。別說是救出筆電了，海水一瞬間淹到胸口，兩人掙扎著爬上車頂。幸好已經滿潮了。

「我們曾經是在生死關頭拉對方一把的關係耶。」

「少在那邊搏感情，還錢就對了。」

「就說會還了，你這小子……還記得那個時候你在車頂跟我說的秘密嗎？」

「秘密？」

雲夢嚇到打了個冷顫，心想我又不是瘋了怎麼會跟禹燦熙共享秘密。

「那時候謝謝你喔。知道你跟我有相似的地方感覺真好。」

我竟然跟你這種人有相似的地方？不對，你這種人竟敢自認跟我有相似的地方。

雲夢感覺被羞辱了。但話說回來我的秘密是什麼？雲夢想破頭。那個時期受恐慌症所苦，只要一攤開法律相關的書籍頭髮就變白，噁心想吐，甚至去接受精神科諮詢。雲夢沒有把這件事告訴任何人，那天晚上和禹燦熙坐在車頂上有聊到這些嗎？

「少跟我廢話，把錢還來。」

「我會還。其他的先不管，你的錢我一定會還。」

「就問你是打算什麼時候怎麼還了，現在立刻白紙黑字寫清楚，蓋章去公證。」

「至少現在股票有漲一點，可以先還你一千萬韓元。我原本是想等漲更多再一次還清，但也不知道會不會一早醒來股價就倒栽蔥。」

禹燦熙說明天一開盤就會立刻賣股票，匯錢給雲夢，問了雲夢的銀行帳號。雲夢把帳號傳給禹燦熙後便起身要走。

「再喝一罐啤酒嘛，雲夢。」

「不喝了，把錢還來就好。」

「一罐就好了。」

「你回家自己喝到爽吧！」

「回家的話……也是，有很多朋友都吵著要一起喝酒，總是說要帶我去好地方，叫我不要自己喝悶酒。」

「滾！走開！別忘了還我錢！」

「這小子，開口閉口都是還錢。」

「債務人、債權人，哥跟我之間除了這個還剩什麼？」

「知道了。」

禹燦熙依稀露出一抹微笑，不曉得是不是嘴脣破皮很痛，眉頭緊皺。

第七章

生命不能承受之重

披著一襲秋裝的山寺寧靜祥和，清幽的風鈴聲輕柔地落在坐在石階上的載英與蘇編劇肩膀上。

「我現在很幸福。」

蘇編劇臉上掛著溫和的笑容說道。

「不要裝了，姊。」

「真的啦，每天都努力讓自己心懷感恩，這樣哪一天我也會覺得幸福吧？」

「幸福是靠努力換來的嗎？強顏歡笑的話上天就會讓人撒下變幸福的魔法粉末嗎？」

「可以的話最好啊。」

「妳還不如埋怨，覺得委屈就放聲大哭，不要欺騙自己。」

「埋怨別人不會產生動力，只會讓我更消極。但是心懷感恩幫我重新振作起來。」

載英倏然起身，再也聽不下去了。

「妳在說什麼？振作要幹嘛？不要一副得到救贖的表情，面對現實！」

載英聲音尖銳地大喊，蘇編劇「噓」一聲同時大力拽了一下載英的衣角。

「肅靜，這裡是寺廟欸！」

載英失去重心跌坐在地。

「不寫了嗎？」

「寫。但要等我再堅強一點。」

「等不到那一天，只有邊寫才會堅強起來。」

「載英，我聽到人家說只要改個幾幕就可以的時候，心就像被戳洞一樣。他們以為自己射的是彈弓，但對我來說是砲彈，為了改那幾幕必須通通砍掉重練，整個結構都會垮掉。聽到人家說那個角色的台詞優柔寡斷，叫我換個角色，我的腦袋就要破洞了。因為那個角色優柔寡斷才會出包，劇情就是這樣設定的，怎麼能說改就改。好啊，想說為了出道嘛。心臟跟腦袋破的洞都可以堵起來，一個個改給他們。人家要我怎麼改我就照做，都沒有一點脾氣。用聽寫要拿一百分的心態全順著他們的意修改，結果跟我說之前的版本好像比較好。最後我終於領悟到我必須站穩腳步，等我耳根子不那麼軟，能夠堅定地呈現自己的作品，不會受別人左一句右一句影響的時候，才是該動筆的時候。」

「『不寫了』一句話有需要拖這麼長？」

載英再度起身。

這回蘇編劇不抓載英的衣角了，只是朝她揮揮手。

「掰掰，載英。」

「不走。」

載英一屁股坐了下來，下定決心似的說道：

「我辭職了。」

「為什麼？因為我？」

「所以啊，立刻跟我下山。去寫作。用『你們全都死定了！』的心態邊埋怨邊咬牙切齒地寫，一炮而紅才可以養我！」

載英看見蘇編劇逐漸濕潤的眼眶，更進一步勸說。

「我去過草莓農場了，姊的爸媽要我牽著妳的手把妳拉下山。走啦，走吧，回去寫作，我們一起出頭天。」

蘇編劇的眼角彷彿隨時都會有一連串的淚珠滾落。

「為什麼辭職了？真的是因為我嗎？不是叫妳脾氣收斂一點嗎，早跟妳說過妳那張實話實說的嘴會害死妳的！」

其實載英根本沒來得及張開實話實說的嘴，不過是憤怒的嘴早一步失言罷了。

載英的職場生活並不順遂。載英判斷代表給的知名導演的粗糙劇本沒有潛能，而孔製作人的評價卻是看見了無窮無盡的可能性。就算把眼球拿去洗也找不到半點潛能，真不曉得他是從哪裡看見可能性的，載英極度無言，但是代表非常高興。知名導演的專案轉移到孔製作人的企劃二組，緊接著就以二組的業務量增加，需要更多人力支援為由，帶走了載英企劃一組的後輩們。

公司為了提升工作效率進行的結構重整外表看似沒有問題，不過有個巨大的危機找上了載英。載英原先負責的閨家電視劇與歷史劇都被轉移到二組去了，必須從傾注心血、如珠似玉的作品中抽手，載英的心都在淌血，原本還期待能把它們美美地收編到作品目錄裡的，該說是大意失荊州嗎。

代表叫載英專心投入探索IP就好，等於是叫她從頭開始。被不公平的火花噴濺到的載英猶豫了一下要不要安靜地去敲雇用勞動部的門，最後決定直搗黃龍，去敲代表辦公室的門。代表在載英發言的過程中一直擺出一副臭臉，然後問道：

「妳不想做了嗎？」

「怎麼可能，我想認真做下去，所以才會向您稟告我希望繼續執行先前進行到一半的專案。」

「那就是不想做了的意思嘛，我聽懂了，出去吧。」

「代表，我是想表達會認真做下去……」

「我叫妳滾出去！」

載英應「好」後轉過身。是滿腹委屈忍不住爆發了嗎，載英不自覺迸出一聲「靠」。

「啥？靠北？」

「什麼？」

載英瞪大眼睛，眼珠子簡直要掉出來了。

「眼睛還敢瞪那麼大啊？具製作人，妳當我好欺負嗎？竟然敢瞪大眼睛看我啊！」

「不然要閉著眼睛看嗎？還有，我才沒有說靠北！」

載英的音量超乎想像地大，事已至此也別妄想補救了。

「滾！」

載英闊步走出代表辦公室。

都這樣了還是沒有一絲自動走人的念頭，每天的糧食對載英來說都很珍貴，於是便抱著辦公桌苦撐。雖然沒人說出口要她離職，但一直有股無形的壓力，即便如此載英仍頑強面對。不料原本在企劃組的辦公桌被人移到了製作組。叫我去現場閒晃啊？最後雖然是載英撐不下去遞了辭呈，但跟被強迫離開沒兩樣。

早知道會這樣就應該把想說的話都說完再華麗轉身的。載英後悔最後一刻沒能把辭呈甩在代表臉上，而是手顫抖個不停地呈到代表桌上。

至於蘇編劇的事情是不是載英辭職的關鍵性原因呢？既是，也不是。只要想起蘇編劇，就有種說好搭上同一條船，結果一颳風起浪就穿上救生衣逕自跳下船的感覺。所以曾經小心翼翼地向代表指出，念在這兩年來蘇編劇寫作的辛勞，是不是應該給她部分稿費，否則如果傳出去被外界說成苛待作家的流氓公司該怎麼辦。從那時起代表就用銳利的目光打量載英，或許落到今天這個地步也是遲早的事。

「靠北！混帳！我就應該清清楚楚說給他聽才對。」

「妳因為罵髒話被辭退了？」

「嗯，對。姊，所以妳繼續寫嘛。」

這是兩回事，我為什麼要寫作？蘇編劇心生疑惑，不過只說了還需要時間想想。載英瞥見蘇編劇眼底的茫然躊躇，確信她會再次提筆，以相對輕鬆的心情下了山。

在回家的車上等待紅綠燈時，載英的目光被對面大樓外牆上長長的廣告布條吸引。

專為女性打造的拳擊瘦身俱樂部新開幕，正在招募會員。載英想起頂樓的沙包，這段日子以來這傢伙用全身承接主人的憤怒，載英判斷是時候將它送到二手市集了。再見了，憤怒的拳頭！載英下定決心要為了自己的身心，在拳擊俱樂部擊出一記又一記健康的拳頭。

生活的改變就發生在這種微小的時刻。當「量」層層累積到達極限便會帶來「質」的變化，載英在靜止等待紅綠燈的車內遇見了那個極限，望著拳擊俱樂部的廣告布條，載英感受到一股神秘的胎動，是生活開始變化引起的內在波動，對此載英心存感激。

頂樓的沙包消失後，整齊擺放的菊花盆栽接管了它的位置。雲夢歪著頭一面觀察載英的臉色一面問道：

「妳幹嘛？哪裡不舒服嗎？」

「現在不是秋天嘛。」

載英模仿蘇編劇溫和的笑容回答。

「看著花心情會變得平靜。」

「妳有想過花會不舒服嗎？」

以為載英會立刻大叫「臭小子！」一把揪住自己的衣領，沒想到她只是稍微動了一下嘴角，接著漾起一抹微笑，說了聲「謝謝」。雲夢心想大概是自己聽錯了。

「真的生病啦。」

「謝謝。」

「要幫妳買藥嗎？」

「謝謝。」

該吃什麼藥才會恢復正常呢？雲夢搖搖頭走下樓。

✦✦✦

「我們全都該當主婦（主夫）！」

雲夢一面回想執筆的初衷一面撰寫結語。

「什麼是主婦（主夫）？就是把自己打理好、把四周擦到會發光，更進一步為了提升同住成員的生活品質而付出辛勞的人。在大部分的情況下，當多人同住時，會由一人獨自擔起這個角色。近來一人家戶數激增，即便有同居人也是追求各自獨立的共同生活模式，因此為了不造成他人困擾，人人不都應該打理好自己、學會整頓周遭環境嗎？因此我們不分你我都應該熟悉主婦的生活，而不是把這份辛勞定義成媽媽、妻子、姊姊的責任。如今誰都要是主婦，誰都可以是主婦，所以社會對主婦的認知理應要改變，為此，站在第一線的學校現在應開始研議及早實施主婦教育的必要性。」

完成原稿的雲夢將檔案寄給了出版社的高代表。

幾天後碰面時，望著雲夢的高代表眉頭深鎖。雲夢從他身上體會到年過五十歲都能用眉頭皺紋說話是什麼意思了。「真是尷尬……」皺紋們低語道。

「這個作品的重點不在於替社會發聲，而是要忠於主婦的感性啊。具作家，我們把最後一段文字拿掉好不好？」

「那是我的嘔心瀝血之作欸！乾脆把我的肝臟拿掉吧！」雲夢在內心吶喊，高代表的眉頭皺紋也不甘示弱：「拿掉！」

「那就這樣吧。」

雲夢用細小的聲音回應，一邊點點頭。

高代表說要在書封折口放上作家經歷和照片，雲夢擺手謝絕，表達得清清楚楚。覺得自己沒什麼拿得出手的經歷，放照片跟攻擊讀者的眼睛沒兩樣，雲夢表示希望可以簡略放個幾行個人抱負就好。結果高代表的眉頭皺紋勃然大怒，堅持一定要放上學歷與照片，最後雲夢拗不過他，點頭應允了。

出版日期抓在中秋節前一個禮拜。春天來到綠門之家，整個夏天獨自擔起家務與育兒的工作，為主夫一職獻身。把這段時間當作基肥，在秋天收穫果實。雲夢收到《青年主夫的點點滴滴》後感動油然而生，心想農夫在春日播種，夏日照料，等到秋日回收成果的心境大概就是如此吧。

雲夢帶著誠心誠意簽上名的兩本書來到曦東家開的炸雞店，張前輩和曦東拐彎抹角地傳達書應該賣不出去。

「點點滴滴是什麼啊，好爛喔。叫作《天生的主夫》應該會比較好。」

張前輩把責任推給書名。

「這照片是怎麼回事！」

曦東把責任推給書封上的作家照片。

「最近什麼東西都可以寫成書，雲夢我不是在說你喔。」
「最近誰都可以寫書，哥我不是在說你喔。」
兩個人再次迂迴地表達不明白究竟為什麼要出版這種書。
「最近老花眼，一個字都讀不進去。雲夢啊，書我回家慢慢看喔。」
「我也是，哥。」
三個人默默喝著啤酒。雲夢原先打算侃侃而談寫作的辛苦、第一次收到堪比自己孩子的書時的悸動，以及往後對於作家活動有什麼想法。不過現在只是把嘆息和啤酒一同吞下肚。
「兩位大哥，我有個好消息。」
「中樂透啦？」
雲夢開了個無聊的玩笑。
「跟中樂透差不多，我考上認證估價師（註23）了。」
「很賺錢的那個認證估價師？」
雲夢不敢相信，再三確認。
「我默默準備竟然還真的考上了。」

曦東的臉上全寫著滿足，嘴脣間流露著謙遜。

「請客，請一頓貴的，要吃到撐死！」

張前輩放下扒到一半的雞腿，拿起手機搜尋認證估價師的平均年薪，接著大喊道：

「死什麼死啊，這麼好的日子！」

雲夢也要喜極而泣了。

這次聚會一轉眼從慶祝雲夢出版新書變成恭喜曦東考上估價師，主人公從雲夢變成了曦東。雲夢雖然羨慕曦東但高興程度遠遠超過羨慕的程度，真心覺得曦東很了不起。

三個男人轉移陣地到大學路。輾轉阿姨家馬格利酒館、刨五花肉片烤肉店，也不忘烤明太魚乾和啤酒，進食的氣勢好似熔爐在吞廢鐵。錯把血氣和傲慢當作是霸氣和熱忱，悠閒徜徉在巷弄裡的三個男人再度熱血沸騰。

張前輩唱起參與過末代學運的最小的舅舅愛唱的怪歌，有一段歌詞是「如果懂事代表著要被世界適度馴服的話，那我拒絕懂事」。張前輩唱得太大聲了，曦東和雲夢眼見

註23：在韓國須通過國家考試才能取得認證估價師資格，估價對象包含動產、不動產、有形資產及無形資產等，判斷該對象的經濟價值並估算價錢。

他已經打擾到大學路上的情侶們，連忙堵住他的嘴，把他拖到安靜的布帳馬車內。

第四攤由蛤蜊湯和兩瓶燒酒安穩地打頭陣，已經在街道上耗盡精力的三個男人大口攝取牛磺酸。這時，雲夢的手機收到簡訊通知。是禹燦熙。

在幹嘛？一起喝一杯。

雲夢回覆。

把錢還來。

「原來是燦熙。」

偷瞄雲夢手機螢幕的張前輩說道。

「才還了一千五就在裝熟。」

雲夢邊表示不耐煩邊喝著蛤蜊湯。

禹燦熙的一封簡訊讓三人重回當年搞話劇的歲月，那時既幸福又迫切、貧窮又辛苦，即便如此大概也是他們最思念的時光。越是追憶，一連串七零八落的記憶片段便登門拜訪，可是那段時光依舊可愛。回憶隨著杯裡的燒酒被反覆斟滿。

「話劇對我們來說是什麼？」

張前輩提出的問題讓雲夢和曦東頓時嚴肅了起來，就像是顯忠日（註24）時閒閒沒事切換著電視頻道，偶然轉到顯忠日追思儀式的感覺。

「初戀。」

曦東回答。

三個男人莫名其妙地栽進朦朧的初戀裡。因為是第一次所以顫抖，因為是第一次所以澎湃，因為是第一次所以懵懵懂懂。腦海裡晃過因為是第一次所以產生錯覺、誤會的那些日子。

「話說回來，她叫什麼名字？」

張前輩問起自己初戀的名字。

「我連她的長相都不太確定。」

註24：訂於陽曆六月六日，是韓國的國定紀念日，為悼念在韓戰及其他戰爭中犧牲的烈士。

雲夢努力嘗試想起初戀情人的長相。

三個人驚訝地詢問彼此自己當初為什麼會喜歡上那個她。自覺無言地嗆對方是在問誰啊，同時召喚久遠的記憶。連本人都不記得關於初戀情人的大小事，只得藉由彼此的記憶重新拼湊。曦東說道：

「初戀鐵定是以分手收場，因為分開了才能美美地留在記憶裡。所以話劇豈不是很像初戀嗎？我希望她過得好好的，如果哪天偶然見到也會問她過得怎麼樣，往後也會一直祝她幸福。所以話劇對我來說就是和平分手的初戀。」

曦東說自己如果透過朋友輾轉得知她要結婚了，就會真心祝福她，倘若她還發來喜帖，自己就會包紅包出席，為她送上大大的掌聲。即便不再登上舞台，仍可以以觀眾的身分在台下為話劇鼓掌，反覆強調兩者之間的相似性有多高。雲夢很難認同曦東的論點。

「我不這麼想，對我來說話劇是現在進行式。因為各種理由目前處於分居的狀態，但等情況好轉隨時都有可能復合。我們還沒有分手。」

「所以才寫書的嗎？想當作家？」

「在那之前不還做了家庭主夫的名片嗎？不是還說自己有多擅長做家事？」

張前輩和曦東輪番直搗雲夢的痛處。

是啊，明明好像昨天才誇下海口說自己離不開話劇，結果遺忘了話劇不也活得好端端的。雲夢自身也受到很大的衝擊。

「話雖如此，但是主夫和作家的經歷都是為了再次挑戰話劇的墊腳石，都是為了進入話劇界的跳板！」

雲夢大喊。

辯解歸辯解，但也不得不承認本末倒置了。雲夢連滾帶爬地回到家，待在房間裡對空氣拳打腳踢直至深夜，連跟初戀情人分開時都沒這麼痛苦。

✦ ✦ ✦

雲夢坐如針氈，列車離江陵站越近，呼吸和脈搏便以要打臉KTX的氣勢瘋狂衝刺。雲夢準備了炸彈，預計將帶給張金頤女士一個畢生難忘的中秋佳節。知道要回老家當然有先做好心理建設，但不敢保障到時候開不開得了口。

雲夢偷瞄了一眼坐在旁邊的載英，不曉得自己的書《青年主夫的點點滴滴》讀一半了沒。載英合上書本閉起眼睛。

「出版社差不多要倒了。」

察覺到雲夢視線的載英低語道。

「是滿獨特的，但缺乏新意。」

「什麼意思？這跟好但是不好有什麼區別？」

「試著感受字裡行間的含義。」

「妳還是睡覺吧。」

姊弟倆望著車窗外迅速閃過的風景，好一陣子沒有說話。

載英要用口頭表達腦海裡的點子時，話語都還可以維持自身的架構，但要將它轉譯為文字時便坍塌了，因此她心裡有一部分是羨慕雲夢的。雖然不會寫但自詡具備評斷眼光的載英其實一直羨慕能寫的人。

載英讀雲夢的主夫散文時覺得他略有文采，但對能不能靠寫作維生抱持懷疑的態度。「我幹嘛操心這小子要靠什麼吃飯啊？」載英再度閉上眼睛。

「之前有一陣子我搜刮書店架上的很多散文來讀，那些書名跟『幸福處方』、『幸福訂單』有關的書，我以為跟它們打交道我也會跟著幸福起來……」

「妳不睡覺嗎?」

「我以散文讀者的身分給你一個建議,這本書有引起共鳴的部分,中間偶爾也會讓人不小心笑出來,但感覺就像是在讀你的日記。誰會花錢買這個來看?」

雲夢也捫心自問了無數次為什麼要寫作,是想發發牢騷嗎?透過寫作得到了慰藉,思緒變得清晰,喜歡埋頭專注於一件事的感覺。那我為什麼要出書?因為高代表伸出手就一把抓住了。然後是自己寫的東西有出書的價值嗎?不清楚。自己沒有答案只能把它推給高代表去判斷,可是現在載英回答了雲夢,沒有價值。雖然點破真相很殘忍,但從中感覺到了載英的真心,所以雲夢也沒有另外提出異議。

幾天前,雲夢想把捨不得花的那點預付版稅拿來買張金頤女士的中秋節禮物,在網路上搜尋迷你按摩機。比起禮物應該更接近賄賂,不對,是替她減低炸彈衝擊力道的安全氣囊。偷瞄雲夢手機的載英說道:

「那個江陵的家裡已經有了。媽最近好像很在意皺紋,還不如買膠原蛋白乳霜給她。」

明顯不一樣了,載英先是變成反派角色,又迎來人生的轉捩點。自從頂樓多了菊花盆栽以後,對每件事都心懷感恩。邊哼歌邊替菊花澆水,對瑛禹展開一連串禮物攻勢,甚至跟瑛禹嘻嘻哈哈，炫耀兩人有多親近。結果還替雲夢要給母親的中秋節禮物提建議，看來載英正在逐漸變得人性化。

看到不同於以往的載英令雲夢心生期待，猜想說不定屆時在張金頤女士面前席藁待罪，發誓要放棄法律時，載英會跟自己站在同一陣線。如果再讓寶貝女婿和姪子們像屏風一樣圍繞在四周的話，張金頤女士的憤怒量表應該至少會降低一格。

「等到中秋節當天下午姊姊們都到齊了再說會比較好吧？」

「你捅的婁子你自己善後，還想拿誰來當擋箭牌啊？自己把箭頭都擋下來啦。」

載英清楚表明反對立場。

距離成為人類還有一段路要走啊，雲夢撇嘴瞪了一下載英。

張金頤女士赤腳跳出來迎接兒子，即便她沒穿布襪，但跟古人歡喜迎客只穿布襪忘了穿鞋是同一個感覺。有這麼高興？眼裡沒有女兒嗎？心裡還在這麼想的載英感覺到背部被張金頤女士打了一下，還配上一句：「趕快進去洗手煎煎餅。」接著從背後推著雲夢讓他坐到餐桌椅上，邊說：「發酵明太魚很入味喔。」一向如此，雲夢對載英感到抱歉。

是住在同一個屋簷下吃同一鍋飯的力量嗎？雲夢對載英嘗到的冷落感同身受。發酵明太魚雲夢一口都沒有吃，假裝動了一下筷子便開始攪散麵粉準備煎餅的前置作業。張金頤女士見狀開始大呼小叫，說不能讓寶貝兒子的手沾一滴水，忙著讀書都瘦成皮包骨了，煎餅交給載英跟自己來煎就好了。

「姊上班也很累。」

雲夢的一句話讓張金頤女士大笑一聲，同時得意地聳聳肩。

「我兒子這麼貼心呀，我這個兒子真是生得太好了。」

然後對載英說妳有多幸運啊！有這樣一個弟弟。載英皺了一下鼻子，雲夢對載英更加抱歉了。雲夢做家事的話可以分到額外的獎金，是在幫忙；姊姊們做家事就只有月薪可以領，是本來就應該做的。雲夢在綠門之家深刻體會到理應背負包袱的人的肩膀有多麼沉重，他一面在平底鍋上抹油一面對載英心生敬畏。在張羅祭祀飯菜的過程中，雲夢因為母親偏心的言行舉止，不停地觀察載英的臉色，讓節日勞動的疲憊加倍。

滿月像圓托盤一樣釘在夜空中，彷彿在替要漲得更大、展現最璀璨模樣的明日做準備，所以在前夕盡可能地喘口氣。來到陽台的雲夢為了明日順利起義，正在大口大口吸收月光的精氣。不曉得何時來到身旁的載英與雲夢站在一起。

「但願能活著再次踏上首爾的土地，若出事請幫我打一一九。」

「做好覺悟，這會摧毀一個人的一生，你知道這對媽來說等同於死亡宣告吧？」

問題就在於雲夢再清楚不過了。雲夢是張金頤女士的全世界。倘若可以跟姊姊們平均分攤，雲夢的肩膀也不至於如此沉重，姊姊們也很清楚張金頤女士為人母一心期盼雲夢立身揚名的心，因此從來不要求自己的股分。母親賦予的特權與姊姊們的體諒、母親的關愛與姊姊們的愛憎混雜在一起，把千斤萬斤重的期望都壓在雲夢身上。一路走來為了迎合他人的期待，走過充滿謊言和欺瞞的歲月，從未大聲喊出「人生是我自己的」。但是後悔就到今天為止了！雲夢要擺脫身為家裡唯一一個兒子擔在肩上的沉重包袱，在拉開奪回人生主導權序幕的此刻需要的是勇氣。雲夢停止嘆息，抬頭挺胸。

一大早張羅完祭祀擺設，向祖先們請安時，雲夢許了個願：「請讓我能精神勝利！」

「你又沒什麼錢，幹嘛買這種東西？」

結束祭祀後，雲夢拿出膠原蛋白保養品禮盒，張金頤女士瞪大眼睛問道。

「我出書了，用拿到的一點預付版稅買的。」

因為保養品興奮不已的張金頤女士歪著頭問。

「你出什麼書？」

「我原本也不曉得他文采挺不錯的。」

載英是以援軍的身分跳出來嗎？雲夢心底踏實了許多。

載英把書往前推，張金頤女士的臉立刻亮了起來。

「是嗎？也是，最近律師、檢察官、法官個個都在出書的樣子，出演《AM Plaza》（註25）法律常識環節的律師一直炫耀自己出了書。可是雲夢連法學院都還沒有畢業……」

張金頤女士這才注意到書名。

「青年主夫的點點滴滴？這是什麼？」

張金頤女士臉上大大的笑容瞬間消失。

「主夫？這種東西跟我們雲夢……」

註25：節目韓文名稱為《아침마당》，是韓國 KBS 1TV 推出的晨間談話性電視節目，自一九九一年五月開播至今。

張金頣女士翻開書的手指在顫抖著。

讀到作家照片與介紹文「青年具雲夢以體驗主夫生活為素材的散文」，張金頣女士終於爆發了。

「主夫？誰？我兒子？為什麼！」

「媽，對不起沒早點跟妳說。這需要慢慢解釋，妳先冷靜一下。」

雲夢以最快的速度雙膝下跪，採取席藁待罪的姿勢。

看見兒子這副德性張金頣女士快翻白眼了，用手裡的書毫不留情地重擊雲夢的肩膀與背部。載英趕緊從張金頣女士手中把書抽走，不料這回抄起祭祀桌上的明太魚乾抽打雲夢的背。過去挨明太魚乾打時載英原來是這種心情嗎？一直打到明太魚乾軟掉仍未氣消的張金頣女士這回舉起祭祀桌上的水梨，那一刻載英向雲夢使眼色，雲夢立刻踩上運動鞋向外衝。

被激怒的張金頣女士需要一段時間平復情緒，雲夢在社區一角徘徊，經過某間高中，正門貼著第幾屆畢業生錄取首爾大學的布條，又經過貼著誰家兒子考上律師的布條的圓環。知道那裡不可能掛上張金頣女士的夢想，讓雲夢心中漾起一絲苦澀。

媽冷靜下來了嗎？

雲夢傳訊息問載英。

正在哀號明明把你生得好好的怎麼會這樣。

你去哪裡晃個兩小時再回來。

雲夢聽載英的話走進附近一家咖啡廳，點了一杯熱拿鐵，然後拿出在文具店買的信紙和原子筆。以「母親大人膝下」起頭，但直到拿鐵都涼了還無法寫下下一行。

雲夢回到家打開主臥室的房門，看見張金頤女士背對自己坐著。

「媽。」

雲夢好不容易開了口，張金頤女士卻乾脆直接躺下來。

雲夢對著張金頤女士不停冒出寒氣的背開始了他的獨白。

「對不起，媽。這段日子以來欺騙了妳我真的覺得很抱歉，我也想試著當當看檢察官、法官、律師，但一個字也讀不進去。那個時候真的很痛苦，是話劇救了我，演話劇的時候我很幸福，感覺自己真的活著。」
「所以要去當戲子？」
「什麼戲子啊？現在誰還會這樣講？」
「我就會，臭小子！」
背對雲夢躺著的張金頤女士坐起身來。
「我就算想演話劇也不能演，沒才能啦。」
「所以跑去別人家做飯還出書說主夫怎麼樣怎麼樣的？到處丟我的臉？要這樣就給我重新回去念書！」
「我一直以來都因為不知道想做什麼覺得抬不起頭，但至少有一件事我很確定，就是不想要再繼續念法律了。」
「為什麼！為什麼！為什麼！」
張金頤女士在三段高音之後又是一陣哀號。
她剛剛枕過的扁柏木枕映入雲夢的眼簾，看上去非常結實，被它打一下肯定連骨頭都挑不出來。雲夢悄悄地用屁股後退，拉大與張金頤女士的距離，然後把信放到房間地板上。

「妳看一下。」

雲夢迅速打開房門離去，張金頤女士攤開了信紙。

媽，我很珍惜我的人生，畢竟它是我的嘛。

雖然我當不成媽媽夢想的「引以為傲的兒子」，但我想一直做妳「親愛的兒子」。

我會努力的，媽。愛妳喔！！！

為了觀賞與明太魚乾扣殺完全不同等級的木枕攻擊，載英在主臥室門前待了一段時間，不料結尾收尾卻出乎意料地平淡，感到些許失望的載英拿了杯水走進主臥室。

「喝一口冷水吧。」

上一秒還跟一尊菩薩石像似的坐著讀信的張金頤女士把信紙揉成一團丟到地板上，躺了下來。載英默默撿起信紙來到客廳。

「引以為傲的」和「親愛的」。

差幾個字意思卻天差地遠。本來就是親愛的兒子了，如果可以加上引以為傲的話就更惹人愛了，那豈不是最好。這是母親的期盼，而雲夢宣告這讓他很累。主張奪回自己人生主導權的獨立宣言，以及會努力維持往後和平關係的真誠字句擊潰了母親。

這小子，很有一套嘛。載英的嘴角漾起一絲微笑，然後從客廳的鏡子發現自己在笑差點暈倒。「這是怎麼回事！我竟然會因為雲夢這小子笑！」載英心想，打了一股冷顫。

直到傍晚三個女兒帶著女婿、孫子們回來，張金頤女士才勉強坐得起身。

「雲夢這小鬼瘋啦？」

恩英話說出口，張金頤女士就用一副「竟敢叫我小孩小鬼……」的目光斜眼看了一下恩英。

「媽媽是怎麼把他拉拔長大的！要這樣乾脆叫他斷絕母子關係！」

淑英話一說出口，張金頤女士就用一副「竟然叫我小孩跟我斷絕關係……」的表情瞪了一眼淑英。

「不孝也要有個限度吧。換做是朝鮮時代早就懸首或是車裂了。這根本就是謀反嘛！」

珉英話音一落，張金頤女士就用一副「是在說什麼啊……」懵懵懂懂的眼神瞧了一下珉英。

「就是切斷他的脖子扯斷他的手腳啦！」

載英的補充說明終於讓張金頤女士爆發了。

「出去，通通都給我出去！頭腦快爆炸了，滾！」

張金頤女士把女兒們都趕了出去，再次躺下。

我是怎麼把他拉拔長大的……原本預計整個中秋連假都會嘮叨個不停，多虧女兒們口徑一致走浮誇路線，張金頤女士連張口的機會都沒有，只能憋在心裡難受。

✦ ✦ ✦

綠門之家很舒適溫馨，屋頂、玄關門、牆壁、房間門都異口同聲地大合唱，歡迎雲夢的歸來。好似這裡原本就是他家一樣的安全感滲進細胞每個角落，雲夢這才解除了緊張。急切想喝燒酒的雲夢從冰箱裡拿出乾巴巴的黃豆芽，加入一匙蝦露，煮起了黃豆芽湯。燒酒是甜的，月光也甘醇。雲夢此刻的心境就好比把不適合自己的外套脫下來留在江陵一樣。

張金頤女士在家人和親友的殷殷期盼下懷上了雲夢，雲夢集萬千寵愛於一身來到了這個世界。身為世世代代兒子都很珍稀的具家嫡長孫，從出生的那一刻起雲夢的人生就註定由不得他。在他迎合他人的希冀和期望成長的過程中，希冀和期望轉變成了欲望。

欲望是很沉重的。欲望會燃燒意志、讓人陷入執著，會膨脹加重。當人把自身無法實現的理想投射到別人身上時，那份欲望的重量根本無從計算。雲夢脫下以他人欲望為名的笨重外套之後，心情好像變輕鬆一點了。

「呵呵呵。」

一個亦非哭亦非笑的狀聲詞砸到燒酒杯上。

好奇江陵現況的雲夢把手機開了機，載英在九點十分的時候傳來了一封訊息。

主臥室安靜了。

然後還有一封禹燦熙傳來的訊息。

雲夢，沒有在忙的話要不要跟哥喝一杯？

收到訊息的時間是七點四十五分，在那之後是超過十通的未接來電。

原本輸入「我很忙！把錢還來」，又刪掉。改輸入「你煩不煩！少裝熟了，把錢還來」，再刪掉。這次輸入「酒喝少一點」按下傳送又隨即感到後悔。聽起來也太溫柔了吧，照理來說就不能給這種人關注，理應無視他們。雲夢怕禹燦熙會打來，正準備要關機的時候，手機「撲通」一聲掉進了黃豆芽湯的鍋子裡。

還有這種事！雲夢撈出手機努力用紙巾按壓擦拭。明明只是在認真擦拭手機螢幕而已。

「雲夢……」

從哪裡傳來禹燦熙的聲音。

還有這種事？是不小心按到通話鍵嗎？又不好直接掛掉。

「酒喝慢一點。」

雲夢沒好氣地說道。

「是在擔心我嗎？謝啦，雲夢……」

「想太多！誰擔心誰啊？」

「臭小子，愛你喔！」

「拜託不要！再見！」

起雞皮疙瘩的雲夢連忙將手機關機了。

喝酒的興致瞬間消失得無影無蹤。話說回來禹燦熙真的喝醉了嗎？聽聲音又像在哭？因為喝醉了所以在哭嗎？什麼鬼啊？不安悄悄翹起尾巴。明明是在哭！啊，隨便啦！管他是喝醉還是在哭關我屁事！雲夢雖這樣想，但是正重新將手機開機，打給了禹燦熙。禹燦熙沒有接電話。

「以為混在一起就不會孤單了……我以為。」

「我只是想說那小子超級孤單而已。」

雲夢腦海中忽然閃過張前輩說過的話，一丁點大的不安不斷增長，不安發展成非得確認禹燦熙是生是死的義務感。

「這旁邊的什麼考試院來著？」

雲夢絞盡腦汁。

復活考試院！想起禹燦熙曾經補充說明考試院主人是虔誠的基督教徒，以希望人們在這裡重獲新生再離開的初衷創建的。雲夢急忙搜尋復活考試院的電話。

「是復活考試院嗎？因為我聯絡不到住在你們那邊的禹燦熙……對對，我是他認識的弟弟，因為哥都不接電話，能不能請您幫我確認一下……剛剛出去了嗎？」

呼，放下心來的雲夢嘆了好長一口氣。

考試院的管理者說約莫五分鐘前透過監視器看到禹燦熙離開考試院，雲夢猜他八成是把手機忘在便利商店了，這是目前最有可能的動線，不安悄悄放下了尾巴。

凌晨時分雲夢被手機鈴聲喚醒，這回又是禹燦熙。

「唉，幹嘛！你一直喝到現在嗎？」

「我是真的有想要還你錢……到頭來還是抱歉了。」

「抱歉了是過去式欸，搞什麼？現在開始不用感到抱歉了？錢到底是還不還啊？」

盛怒的雲夢胡亂大吼。

嘟——通話結束了。哪裡不太對勁。原先放下尾巴的不安現在都要翹上天了。雲夢朝著復活考試院衝去，速度快到讓人懷疑這輩子可曾有像這樣全力衝刺過。

雲夢腳踩著三線拖鞋步出玄關的時候，抱著姑且試試的心態打給了張前輩。

「哥，抱歉凌晨吵醒你，禹燦熙……」

雲夢一交代事情始末，張前輩便用睡意全然褪去的聲音大吼。

「跑！」

「跑？」

雲夢連忙把腳從拖鞋裡抽出來，踩上運動鞋向外衝。

「唉，這小子……燦熙又來了。」

「又來了？」

「我搭計程車半小時就到，你更快，趕快先跑了！」

即便不清楚詳細原因，雲夢也知道必須拚死拚活地趕過去。

雲夢開跑，張前輩在計程車裡打電話給復活考試院，管理者不知道是不是睡著了，沒接電話，現在打給一一九說一名成年男子不接電話請他們過來一趟也說不過去，會對那些忙碌的大人物感到很抱歉。但畢竟有前科，還是拋開猶豫撥打了一一九。

張前輩讀雲夢的作品〈青春的使命〉讀到落淚，召集志同道合的人一同籌備話劇不過是一個月前的事，那時禹燦熙也正在為下輩子做準備。慢慢囤積起來的安眠藥就像是通往下輩子的高速列車車票，在禹燦熙將足夠的藥量吞下肚，判斷力變得模糊的那晚，張前輩沒有先跟禹燦熙約好就找去他家。張前輩提著裝有燒酒和蝦子餅乾的黑色塑膠袋登門拜訪，發現大量的安眠藥，把它們全裝進黑色塑膠袋裡。然後緊緊擁抱禹燦熙，約好不會再讓他感到孤單，禹燦熙放聲大哭發誓自己再也不會產生那種念頭。明明發過誓！不論是一一九還是雲夢先抵達都好，張前輩只求不要晚了一步，在計程車裡急得直跺腳。

禹燦熙蜷著身體倒在折疊床下，失去了意識，一旁燒酒瓶橫躺在地，原本裝在藥罐裡的白色小藥丸一點一點地釘在床上。

「哥，醒醒。哥！哥……別死，活下來就好！」

雲夢把禹燦熙拉進懷裡，遠遠地傳來救護車的聲音。

雲夢丟下洗完胃睡得正香的禹燦熙，步出急診室，走到急診室前的走廊時雙腳無力跌坐在地，眼淚一滴滴流下。抱著好似沒了呼吸的禹燦熙哀喊，拜託他醒來時感受到的慌忙與恐懼再度湧現，雲夢不斷落下斗大的淚珠，氣勢堪比西北雨，嗚咽得像個小孩。

張前輩與曦東為了安撫雲夢費了好大一番功夫。

「你做得很好，雲夢。要不是你差點就出大事了。」

張前輩拍拍雲夢的肩膀。

「都是因為我，我逼他趕快還我錢。燦熙哥死了的話怎麼辦？」

「在說什麼啊？把想死的燦熙救回來的人是你欸。」

「我差點就要害死他了。」

雲夢很害怕，所以很後悔。禹燦熙每晚都因為猶豫要不要越過生死交界而飽受折磨，雲夢後悔沒能抓住他的手，後悔沒能察覺禹燦熙向自己釋出的迫切信號，害怕是自己的冷言相待和威逼脅迫促使禹燦熙永遠離開這個世界。雲夢說了不下數十次「我差點就要害死他了」，一邊嗚咽。

「就說他沒事，酒醒了就會醒來了嘛！」

逐漸失去耐心的曦東沒好氣地丟出一句。結果雲夢哭得更兇，張前輩更是被逼到絕境。

「我們別在這裡這樣，燦熙的父母就快到了。」

來了。禹燦熙的母親走向雲夢，緊緊握住雲夢的手道謝，接著一面拭淚一面走進急診室。然後是禹燦熙的父親站在雲夢面前，輪番打量包含張前輩和曦東在內的三人。

「就是你們嗎？」

「是的，教授。」

張前輩低下頭。

教授？雲夢眨了眨眼睛，盯著禹燦熙的父親。

禹燦熙的父親抬頭挺胸的姿態宛如肩上別著五顆星的軍人，他緩緩凝視雲夢，目光如炬彷彿在瞪人。跟一聽到兒子消息便失魂落魄地趕來頻頻拭淚的母親判若雲泥，就這樣站了一會兒，然後不發一語地找兒子去了。

據張前輩所言，禹燦熙的父親是企管系的禹宗華教授。他在禹燦熙入學前兩年曾因被捲進入學舞弊案而被交付懲戒委員會。雖然有質疑的聲浪但缺乏明確的嫌疑，因而得以繼續維持教授一職。但在系上成績吊車尾的禹燦熙是禹教授的兒子一事透過一位助教的大嘴巴傳遍了校園，涉嫌入學舞弊案的教授與不會念書的教授兒子正適合拿來當茶餘飯後的話題。由於禹燦熙不是採大學修學能力試驗的成績，而是以推甄入學的，更加賦予了靠關係入學的假說正當性。禹燦熙也不澄清，只是忙著閃躲。因為本人也不知道到底是怎麼回事，沒有勇氣向父親詢問真相，所以只在表面兜圈子。必須讓對方引以為傲的教授與兒子最終成了讓對方難為情的存在。

「我復學後和燦熙一起去圖書館念書，老成復學生和被孤立的新生倒也是挺速配的。他說自己也不曉得是怎麼錄取首爾大學的，不清楚到底有沒有父親的力量介入。燦熙那小子為了要擺脫靠爸族的標籤有一陣子非常用功讀書，但無奈成績總是吊車尾，然後自己也累了，意識到不可能做到，說要放棄讀書什麼都不想做，就打算馬馬虎虎過日子。」

張前輩說，他想多多照看這個一進大學就非本意地被人盯上、遭人閒話，漸漸變成獨行俠、無比孤單的禹燦熙。這就是他特別替禹燦熙操心的原因。對於禹燦熙的故事，雲夢過去絲毫不感興趣也覺得沒必要瞭解，但要是能早點知道這些或許事情會有不一樣的發展，他為此感到鬱悶。如果早點知道的話，雲夢可能會對他更親切一些，那麼禹燦熙孤獨的生活或許會更溫暖一點，更溫暖的話搞不好就不會吞下大量的安眠藥了。

在短短不到一分鐘的時間內，雲夢就能掌握禹教授這個人比起表達深情的父愛，更接近劈頭就嚴厲追究責任的類型。禹燦熙雖然努力不想讓禹教授（而不是父親）失望，但在永遠差強人意的成果面前手足無措，雲夢毫不費力地就能把自己代入到禹燦熙的生活中。那個說「你跟我有相似的地方感覺真好」的禹燦熙，不對，是燦熙哥，會是在說這個嗎？

趁著禹燦熙的父母暫時不在位子上時，雲夢走到急診室的病床邊，緊緊握住陷入沉睡的禹燦熙的手。

「燦熙哥，把外套脫了。這一路上應該很重吧。」

第八章

我沒問還好嗎

ＯＡ集團透過 K-Food 逐漸在國際舞台站穩腳步，從他們的人力開發室寄來了新的委託，內容是尋找海外採購專家以確保棕櫚油的穩定供應。江瑞進入 LinkedIn 輸入關鍵字，開始搜尋合適人選。她的日光停留在某個男人的個人檔案上。

峇里巴板。

那是英瑞最後一次去旅行的地方。英瑞在那裡大概停留超過一年半的時間，這個男人也在那裡。他在那工作的時間和姊姊一致，名字叫李俊碩，三十八歲，從個人檔案的照片可以知道他擁有引人注目的俊秀外貌；他過去任職於大型食品公司的在地採購組，又在新加坡修完歐洲工商管理學院新加坡分校的ＭＢＡ學程，從這些經歷可以推測他是個追求成功的人物。

江瑞傳訊息告訴他有幾個想推薦給他的職位。江瑞一面捶打桌子，一面在心裡不斷默唸自己之所以聯繫他不是因為他曾經待過峇里巴板，而是因為他是條件合適的人選。不過要不是李俊碩曾經在峇里巴板工作過，江瑞的視線大概根本不會被他吸引。

李俊碩立刻回覆。

「請問年薪是？」

態度傲慢。江瑞詢問他對推薦的職位有沒有什麼好奇的地方，他卻反問年薪。通常劈頭就談錢的候選人裡面一百位有九十位都是不瞭解自己的人，很多只有六十分的人確信自己是一百分，江瑞有預感李俊碩也是屬於這一類的人。

「畢竟我還念了ＭＢＡ，如果不是高階主管、年薪幾億韓元的待遇，我很難跟妳談下去。」

江瑞的直覺果然沒錯。還不是「跟您」而是「跟妳」。

「在寄給您的電子郵件中也有提到，ＯＡ集團正在尋找棕櫚油的採購專家，是屬於高階主管的層級。ＯＡ提供給高階主管的福利很豐富，津貼和獎金也都不會讓您失望的。」

「是嗎？」

他問最晚什麼時候要寄履歷，江瑞請他根據高階主管的履歷樣式好好撰寫業務成果的部分再寄過來，又補了一句。

「因為我們這邊需要寫報告，想與您見一面，請問何時方便呢？」

「明天中午時間可以。」

一掛掉電話江瑞就感受到左邊臼齒隱隱作痛，用舌頭慢慢輕壓臼齒與牙齦好舒緩突如其來的疼痛，但疼痛感卻更加劇烈了。

+++

英瑞是大江瑞一歲的親生姊姊，姊妹倆念同一年級。體弱的英瑞晚了一年才上小學，江瑞和英瑞在學校就像是一對雙胞胎。由於英瑞很愛哭，江瑞經常擔起姊姊的角色；英瑞也很愛笑，掛著燦笑的臉蛋閃閃發光。雖然話不多又容易害羞，但是英瑞很會念書跟畫畫，因此很受到同學們的喜愛。縱然沒有特別親近的朋友，卻與許多師長都保持良好的關係；比起喜歡，江瑞更像是班上孩子們憧憬的對象。

載英就是其中一個。英瑞是神秘的孩子，江瑞則是她的保鑣，所以當年載英不喜歡江瑞，殊不知日後會和江瑞越走越近。當載英意識到比起玻璃杯般的英瑞，像砂鍋一樣的江瑞和自己更合得來後，便像塊年糕似的黏著江瑞不放。載英性情浮躁堪比輕盈的美耐皿餐碗，反觀江瑞則用砂鍋特有的溫度擁抱載英；再加上英瑞的魅力——外表像個模範生但實際瞭解才會發現內心有個自由的靈魂，載英就更愛黏著她們姊妹倆了。就這樣，三個女孩就像三劍客般同進同出，共度高中前兩年的時光。

高二的冬天，江瑞爸爸經營的修車廠遷到首爾，女孩們只得道別，約好上大學一定要再聯繫。殊不知江瑞和載英從那之後過了十年才又見到面，而那時英瑞缺席了。

江瑞爸爸和友人新開張的修車廠營運不順，又硬是貸款買了綠門之家，負債持續增加。這個時期正心開始在家附近的麵食小吃店包飯捲，江瑞差不多適應了新學校，英瑞卻無法適應。在首爾多的是比英瑞還會念書、還會畫畫的孩子，英瑞臉上燦爛的笑容消失了，取而代之的是陰沉的冷笑，本來話就不多的英瑞不知從何時起幾乎不開口了。

貸款期限將至。要向哥哥借錢嗎？還是要借高利貸呢？江瑞爸爸邊灌燒酒邊苦惱，留下半瓶燒酒在桌上，人就跳上車握方向盤。酒駕身亡。保險連一毛錢都不理賠，留下的只有綠門之家以及一半尚未繳清的房貸。

正心向親戚借錢周轉還清了貸款，咬緊牙關包飯捲，無暇為丈夫虛無的離世感到悲傷，縱使注意到英瑞臉上陰霾重重，卻沒能顧及她；江瑞埋頭念書，看到英瑞在哭，也因為猜想關心她也得不到回應，便沒有問她還好嗎。

那天也是一樣。正心和江瑞為了即將開始的一天狼吞虎嚥地吃著早餐，坐在餐桌前的英瑞用摻雜著哭腔的聲音問道：

「還吃得下飯？爸爸都不在了大家怎麼可以像沒事的人一樣？」

「因為沒有爸爸了啊。」

江瑞冷颼颼的回覆凍結了英瑞的淚水。

「總不能像普通人家的小孩一樣過日子。就像妳說的，爸都不在了，要加倍努力才撐得下去，我有說錯嗎？」

江瑞用不帶感情的語調打擊英瑞的軟弱。

「為了活下去就可以忘記爸爸？怎麼可以把他的痕跡抹得一乾二淨？一定要表現得一副恨不得趕緊擺脫爸爸的樣子嗎？」

英瑞凍結的淚水裂成鋒利的碎片插進江瑞和正心的心臟。

「姊，想要活下去的話，就不能表現得跟個孩子一樣，打起精神。」

「妳倒是做得到，壞丫頭。」

「別再說了，都去上學吧，要遲到了。」

不能讓女兒們看見自己的眼淚，正心轉過身說道。

正值嚴冬，英瑞連一件外套都沒披上，像個被拋棄在路邊的小孩，嘴脣發青顫抖著，令人心疼。拎著書包出門的英瑞那天沒有進學校，也沒有回家。

在那之後，英瑞習慣性離家出走。正心某些日子從美術補習班旁的空地、某些日子從網咖、某些日子從警察局把英瑞領回來。然後某一天，得從漢江大橋把英瑞領回來的那晚，正心跪在地上流淚。「媽會對妳更好的……」並向丈夫祈求，「拜託守住英瑞……」

江瑞認為不能把沒有爸爸當作隨便度日的藉口，看著英瑞被悲傷的重量壓得喘不過氣，宛如只會抽泣的柔弱花瓣，江瑞的內心沒有替她感到惋惜，反倒萌生埋怨。姊妹彼此出言不遜、互相傷害的日子越趨頻繁，正心把兩個女兒緊緊摟進懷中。

「以後媽媽會更用心的，對不起，真的很對不起妳們。」

三人緊緊相擁哭了好久好久。

正心以為時間會平復英瑞的悲傷，期待她能戰勝悲傷重新站起來，怎麼也沒想到她會和悲傷一同消融。英瑞錄取了外縣市的一間國立美術大學，每到週末就帶著甜美的笑容回到首爾的家，所以江瑞與正心都真心以為英瑞已經好起來了。花蕾太過美麗，沒想到那是自悲傷的種子萌芽而來的。

英瑞大學畢業後在鄰近的美術補習班教小孩，主修消費者經濟學的江瑞也開始了獵頭工作。正心只要想到每個週末都能跟兩個女兒一起去購物中心買時下流行的衣服，三個人圍在一起有說有笑地吃晚餐就滿心期待。然而，這是暴風雨前的寧靜。

某個星期六晚上，正心因為店裡太忙會晚點下班，交代她們先吃飯。英瑞和江瑞把炸雞配啤酒當作晚餐，完全不能喝酒的英瑞一口氣乾掉了一罐啤酒，江瑞滿臉訝異地問道：

「酒量進步囉？」

「討厭首爾的空氣，快窒息了。」

原來還是老樣子。江瑞對英瑞還停留在幼兒的思考模式感到鬱悶，她知道對英瑞而言首爾這個城市象徵著失去，但知道不等於認同。英瑞到底要把「如果沒有搬來首爾的話……」這個假設句掛在嘴邊到什麼時候。如果、如果、如果、如果，是打算藉由無止境地覆述假設句讓自己回到過去嗎？

「所以妳想怎麼樣？」

「我要離開，哪裡都好。」

「又沒地方去，硬是要去哪裡啊？姊，妳一定要這樣嗎？」

「是還不知道要去哪，不是沒地方去。」

「至少念在媽的分上……」

「我就是念在媽的分上才這樣，我看到媽就會難過，媽看到這樣的我也會難過吧？悲傷是會傳染的。」

不是傳染，應該是共享，或感同身受。分享、減輕對方的負荷，就算只有一點點都好；理解和被理解，知道自己不是一個人，這要媽和姊還有我三個人一起，這也會是爸爸期望的。

雖然想這麼說，可是江瑞不發一語。英瑞就像用悲傷將自己武裝起來的銅牆鐵壁，任何話語都找不到鑽進去的縫隙。

「悲傷不會被稀釋也不會消失，它在我裡面跟各種情感混在一起默不作聲，時不時就抬起頭來——」

然後張開大嘴吞噬掉我裡面的所有情感。

英瑞原本想把話說完的索性作罷，因為多餘的安慰只會讓人更煩悶。

「妳不是好多了嗎？」

「妳什麼時候問過我還好嗎？我一點都不好，喘不過氣，痛苦到快死掉了。所以才要離開這裡，只要是能讓我好好呼吸的地方隨便哪都好。」

死亡永別的悲痛本來就不可能得到充分的哀悼。明明不可能變好，卻說經過一段時間後就會好起來，那些戴著安慰面具的強求讓英瑞十分難受。

英瑞去了西藏，想圖個清幽，但周遭越是清幽心裡就越不平靜，因此更改路線跑去東南亞的知名旅遊國家。在菲律賓、越南、馬來西亞、寮國之間遊走，邊走邊畫，畫人聲鼎沸的市場、閃閃發光的夜景，畫人們的臉，畫畫的時候經由指尖傳來的生動感給了她力量。江瑞拜託她不管在哪裡或發生什麼事都要讓家人知道，遵守對家人最基本的禮貌，所以英瑞時不時就會傳訊息告知自己停留的地點、報個平安。

英瑞在寮國停留了頗長一段時間，和年紀相仿的韓國觀光客們喝啤酒打成一片，有時也會現場畫當地的風景直接賣給他們。當把酒言歡的夜晚過去，迎來只剩繁星作伴的凌晨時分，悲傷總是不請自來。灑落在油畫帆布上的凌晨曉色時常提醒她，短暫快樂的時光不過是幸福的錯覺。

英瑞前往不丹，想在世界上最幸福的人群中畫下幸福的表情，學習幸福，猜想或許有一天自己也會變得幸福。然而幸福本質上就學不來，自然也沒人能教授她何以變得幸福。雖然困難，但她決心不對任何事抱有期待，不去期待事情會有所改變或是好轉。

英瑞在不丹的收穫僅止於此。

然後不抱任何期待地前往新加坡。入境新加坡樟宜國際機場的英瑞隨即又調頭朝著出境的方向走去，連她本人也不清楚才一抵達就想離開的理由何在。愣愣地盯著起飛時刻表，發現了叫做峇里巴板的陌生都市名。走吧。之所以是峇里巴板，就是看上了它陌生的名字。

英瑞從峇里巴板寄給了江瑞兩封電子郵件。

江瑞，過得好嗎？媽的身體也健康吧？

我現在在峇里巴板，是印尼的一個小都市。

被名字吸引就跑來了，結果這裡很陌生、幾乎沒有韓國人，我很滿意。

日子過著過著發現這裡的每樣東西都在發光。

從白天到晚上，我都在一間座落於山坡上、看得見美麗夕陽的咖啡店工作，老闆人非常好，說我在這邊可以盡情畫畫，還把我的畫掛在店裡，偶爾還會強迫來來去去的客人購買，不過當然沒人買啦……

早上是畫家，晚上是咖啡店店員。

如果妳也在這，我就可以畫妳，請妳喝杯咖啡了。

江瑞，這邊也有個詞跟「傻瓜」的韓文發音一樣喔，但妳知道是什麼意思嗎？是愛情喔，愛情，CINTA……

傻瓜。

江瑞覺得這個詞跟姊姊很不搭，一邊猜想搞不好姊姊正在談戀愛也說不定，那時閃閃發光的不是峇里巴板而是姊姊也說不定。

四個月後收到另一封電子郵件。

江瑞，最近睡得越來越多了，

可能是因為這樣也變得更常做夢了。

做妳的夢、媽的夢、爸的夢，在夢裡跟我們一起度過的時光相遇。

能夠在夢裡遇見曾經深愛以及往後要愛的時光，有時候會覺得幸福。

這裡的人會說 Maktūb，發音就像「馬刻吐」，

意思是發生在我們身上的事是早就有記錄的，在神讓它顯現之前就已經被記載好了。

也就是該發生的事註定會發生，

可以讓人死心也可以讓人覺得慶幸，

因為我即將碰到的事都會跟我幸福的夢一樣。

馬刻吐，註定會發生的事。

模糊的詞彙遇上夢，形成江瑞無法理解的意義，絲毫沒有頭緒姊姊是對什麼死心，又做了什麼幸福的夢。一直到後來才知道那時姊姊的肚子裡孕育著新生命。在英瑞離開，只留下瑛禹以後。

馬刻吐，指的是英瑞的死還是瑛禹的誕生呢？又或是跟傻瓜分開呢？那兩封電子郵件江瑞看了又看、讀了再讀，背得滾瓜爛熟都刻在骨子裡了。可是仍不曉得她說的馬刻吐是指什麼。

✦✦✦

牙醫診所有很多人在候診。因為沒有事先預約，江瑞照完X光以後還得等上好一陣子才能見到主治醫生。

想起英瑞的電子郵件，江瑞打量了李俊碩的 KakaoTalk 大頭貼。每當江瑞認為除了資料上列舉的客觀事實之外，還需要更進一步瞭解候選人時，就會一一查看他們在社群媒體的貼文或 KakaoTalk 的個性簽名以及照片。

透過照片、詩、歌詞、名言佳句、表達政治信念或思想的各種圖像或符號偷窺他的想法和喜好，推測他最感興趣的事，斟酌那會對他的工作造成什麼影響。倘若看起來特別鍾愛誇耀自己或嚴重自我陶醉的話，便可推估他人際關係的樣貌，這裡隱含著從履歷表上的幾行文字無法得知的東西。

李俊碩上傳的照片從了無新意的健身房自拍到經過 Photoshop 後製或套用 Snow 濾鏡後，自己對騎單車、爬山、釣魚樂在其中的模樣，光是這些極力彰顯自己的照片就超過上百張。美食照會出現自己吃東西的嘴唇，天空照會有自己指著雲朵的手指頭，拍書本時，自己正在讀書的後腦杓也不忘入鏡，其餘近五十張的照片中也可以找到主人公李俊碩的身影。李俊碩唯一沒有出場的是只拍到名牌包、皮鞋和手錶的少數幾張照片。

通話時從聲音裡透出的自信心在照片裡更上一層樓，說好聽一點是很有自信，但江瑞心想他說不定有自戀型人格障礙。

沒有任何會讓人聯想到女朋友或戀愛之類關鍵字的照片。他想要展示自己是三十歲後半有能力的完美男人，卻沒有女人？彷彿是要證明自己是黃金單身漢一般，整個版面上都只有自己一個人的照片，令江瑞起了疑心。以前也沒談過戀愛嗎？江瑞最好奇的就是這個，但再也看不下去了。

由李俊碩拍攝，只為了李俊碩而存在的照片饗宴讓江瑞的眼睛十分疲勞，正打算要放下手機的那一剎那，一張照片鮮明地釘入江瑞的瞳孔。江瑞的手在顫抖，已經感覺不到上一秒還非常強烈的眼睛酸痛了。即便聽到護士在診間前呼叫自己的名字，江瑞仍衝出了牙醫診所。

✦✦✦

李俊碩打扮得體、態度謹慎、語氣有禮，對職務內容充滿信心。劈頭就問年薪的傲慢與在社群媒體上散發出的自戀不見蹤影，江瑞覺得自己彷彿是跟另一個人見面。李俊碩向江瑞展現的樣貌就像 LinkedIn 上公開的個人檔案一樣，沒有一絲增減。貌似是個完美人選——擁有了想換工作的候選人該具備的所有條件。

面對詢問欲轉職的原因，李俊碩給出「因為想在新的環境拓展生涯道路」的教科書式答覆，還說自己好歹也是頂尖ＭＢＡ畢業、有工作經歷，之後才發現拿不到對等的報酬，一面擺出委屈的表情。想說什麼就說什麼的直率，有別於江瑞在通話時感受到的自滿。

問到與採購一職相關的工作表現，他以具體數值列舉自己的績效為公司創造何等收益。盡心盡力規劃確保了足夠的儲備量，使公司在面臨棕櫚油供給不穩定時也能供應無虞，這果然也不是自滿，而是有憑有據的自信。

即便沒有什麼值得詬病的地方，但為何越是交談越覺得李俊碩像是戴著一層面具呢？讓人想摘掉他的面具。

他曾經在峇里巴板待過一段時間，在幾乎找不到韓國人的地方和英瑞停留的時間重疊，僅以此為根據提出任何假說都感覺站不住腳，可是昨天發現的兩張照片讓江瑞得以抱持著「說不定？」的想法。如果他就是姊姊的愛情呢？如果他就是讓姊姊閃閃發光的人呢？說不定江瑞眼前的男子正是與英瑞的死以及瑛禹的誕生有著密切關連的人。

「我在你的個人檔案發現和我姊姊畫的畫一模一樣的照片，一張是有星星、咖啡、屋頂和大海的咖啡廳，另一張則是清澈如鏡的湖泊。簡直像是用拍立得照完相再轉換成畫作一樣，色彩、構圖都一模一樣。真的如出一轍。如果硬要說有哪裡不同，那就是你的咖啡廳照片裡有拍到你抓著咖啡杯的手，然後姊姊的畫裡沒有。你拍的是自己的手吧？湖泊照片裡也有你的腳，姊姊的畫裡面一樣沒有。有你和沒有你的差別意味著什麼呢？不曉得是先有姊姊的畫還是先有你拍的照，又或者是同時誕生的呢？那時候兩個人在一起嗎？你們彼此相愛嗎？姊姊的名字是都英瑞，在峇里巴板好像是用 Anne 這個名字，我看她在油畫上署名 Anne。所以我想問，你，認識叫做 Anne 的女人嗎？有遇過嗎？」

江瑞想這樣問。

「妳說畫和照片一模一樣嗎？真是有趣，像這樣的咖啡廳在峇里巴板多得是。湖泊？是有被稱為鏡湖的地方啦。對耶，我好像有發過那張照片，可是我不認識叫做 Anne 的女人，從來沒聽過。」

然後想聽到這種回答。

江瑞心裡雖然知道有可能但希望不是。比起他是什麼樣的人才，江瑞更仔細去觀察他是個怎麼樣的男人。把客觀評估他是否為顧客想找的人留到後頭，下意識積極地從他的眼睛和嘴脣尋找和瑛禹相似，不對，是和瑛禹不像的點。

一點都不像，這根本就是不可能的事嘛。姊姊連個蛛絲馬跡都沒有留給江瑞，過去六年來的沉重課題不可能就以如此令人無言的方式解開了，他不可能是姊姊的男人、瑛禹的爸爸，不可能有這種事，不可以……

江瑞感到恐懼。這次會面的目的是為了要確認不是他，害怕得到就是他沒錯的答案。自己和他僅止於獵頭顧問與候選人的關係，是只要讓這個人錄取顧客的公司，拿到服務費就可以說掰掰的緣分。只想停在這裡就好的心越來越強烈。

「您的檔案上有寫到峇里巴板，我滿好奇那是個什麼樣的地方。」

「啊，峇里巴板？那裡幾乎沒有韓國人，就是很孤單、很無聊囉。」

李俊碩說是不想再回去的地方，做出一個百無聊賴的表情，彷彿峇里巴板沒什麼好分享的，並重複了兩次自己在那裡很孤單。還得把話題延續下去的江瑞有些尷尬，想不到合適的提問，茫然地盯著筆電然後冷不防問道：

「適合去旅遊嗎？」

「您要去度假嗎？」

「嗯，因為我喜歡避開有很多韓國人的觀光景點，感覺峇里巴板好像不錯。」

「那我強烈推薦您去龍目島。」

李俊碩滔滔不絕地介紹江瑞絲毫不感興趣的龍目島，林賈尼火山和色龍貝拉納克海灘、德拉娜安島的幾家美食餐廳和觀夕景點，還提到自己體驗水肺潛水時遇見的野生海龜。江瑞打岔問他峇里巴板不是也有夕陽很漂亮的咖啡廳嗎？聽說峇里巴板也有適合浮潛和自由潛水的湖泊？每當這時候李俊碩總是搖搖頭說：「不，龍目島好玩多了。」

李俊碩認真說明衝浪新手進到號稱衝浪者天堂的色龍貝拉納克海灘應該注意的事項，江瑞愛聽不聽的，苦惱該如何開口。不知從何時開始沒聽見李俊碩對衝浪高談闊論的聲音，都沒注意到他靜靜望著不自覺皺眉、摸著左側下巴的自己。

「您哪裡不舒服嗎？」

「嗯？沒事，還可以忍受。」

其實很痛。來見李俊碩的路上去藥局買了止痛藥，想不起來吃過了沒有。

「您該去趟牙科。訪談結束了對吧？」

李俊碩說自己等等還有約，從位子上站了起來。

江瑞腦海裡籌備的句子消失得無影無蹤。

智齒，韓文稱之為愛齒，在開始懂得何謂愛的年紀萌生。乳牙時期沒有智齒，在某些情況長恆牙的時候也可能沒有長智齒，所以有些人以為自己不會長，但通常只是智齒尚未長到牙齦外罷了。因為最晚發育所以牙根歪斜或畸形的情形很常見，正常生長的機率很低，因而智齒絕大多數都會伴隨著疼痛，因人而異。就像愛情。

江瑞的智齒橫躺著，醫生給江瑞看她的牙齒X光片，稱它為埋伏智齒。醫生說智齒在狹窄的空間裡生長，觸碰到神經和一旁臼齒的根部反覆引起發炎和疼痛，必須立刻拔除。

「現在嗎？」

「放著不管只會更糟，一定要拔掉。」

理所當然卻很困難的決定，想拖到不能再拖為止。拔智齒就是如此。

江瑞撰寫了報告書，描述李俊碩的核心能力跟職缺相當匹配，之後將報告書和履表一同寄給OA集團，收到對方人力開發室回覆將在內部審核後再行聯繫。也有可能就停在這一步了。雖然會被臭罵一頓，但江瑞可以通知李俊碩審核過程中遇到變數不了了之，請他見諒，然後另尋候選人推薦給OA集團。可是江瑞沒有停下來，不對，是不能停下來。OA集團通知他沒有錄取是另一回事，可江瑞不能自主跳下正在衝下斜坡的自行車。

江瑞收到李俊碩通過第一階段審核的通知，說他在和公司高層的面試裡拿到高分。ＯＡ集團要求調查他以往的風評，這個階段會考證候選人的學經歷真偽以及工作能力、人際關係、在公司內部的親和力等等。

江瑞在向李俊碩通報合格消息的同時一併請他決定推薦人，李俊碩留下前公司的直屬上司金秀滿常務和現任公司後輩羅惠莉代理的聯絡方式，一邊說道：

「羅代理在第一間公司也跟我共事了六個月左右，剛好在現在的公司又碰到。」

「第一間公司的話是指在沓里巴板工作的時候嗎？」

剛好。江瑞確信一切都是註定，既然走到了這一步就更不可能跳下自行車了，只能一路衝到最後。

江瑞透過電話向金秀滿先生探聽了李俊碩的風評，他的回答簡短到讓人很難把話接下去。雖然說「細節就不清楚了」、「沒有什麼好說的」，卻幾番強調李俊碩辦事有力。問他跟團隊合作還愉快嗎？只得到「普普通通」的答案。江瑞具體問到李俊碩與同事間的相處有沒有問題，得到這樣的答覆。

「這個嘛，私生活我就不清楚了……」

幾天後見到的羅惠莉和KakaoTalk上李俊碩的大頭貼有幾分相似，坐在江瑞面前的她全身戴滿了閃閃發光的首飾，想裝出一副高冷不在意的模樣，但只顯得自己很傲慢；貌似想在對方面前展現聰明的形象，實則更接近自大。

她不像金常務，說了不少，但江瑞仍沒什麼收穫。她讚賞李俊碩的修飾詞多到誇張，形容他有多麼能幹，對他的稱讚像橡皮筋一樣越拉越長。江瑞若是具體提問他如何能幹？得到的回答只有「就是能幹」，不停地重複：「他更適合去那裡啦，這邊不適合他，這邊太狹隘了，他是要走康莊大道的人物。」

江瑞終於聽懂了，羅惠莉是希望李俊碩離開現在的公司。

「您說那邊是叫OA集團嗎？希望他一定要錄取。」

這不是祝福，語氣明顯感覺得到她一心只想把人趕走。

「能夠在兩個不同的職場一起共事也是緣分吧？怪不得李俊碩候選人會相信並拜託羅惠莉小姐來協助我們。」

聽完江瑞的一席話，羅惠莉露出苦澀的笑容。

「我整個嚇死了好嗎？好不容易找到工作又不能就這樣走人。」

話音剛落，她立刻一臉說錯話的表情。

「啊，我也有錄取其他公司，可是這邊一直要挽留我……所以說……」

羅惠莉語無倫次，跳針了好幾次「嗯，所以說……」，已經說出口的話也收不回來了，越解釋越混亂。江瑞一合上筆電，羅惠莉便蠢蠢欲動地問道：

「那個，我可以走了吧？」

「感謝您抽出寶貴的時間，正式的訪談已經結束了，但是我私底下有些好奇的部分想請教您。」

江瑞的話讓羅惠莉的瞳孔閃過一絲緊張。

「請問您認識一位叫做 Anne 的女人嗎？」

羅惠莉瞇起眼睛搖搖頭。

「怎麼了？這跟李俊碩先生換工作有什麼關係？」

不是說不認識而是反問怎麼了，代表她應該認識 Anne。從她詢問這和換工作的關聯來看，八成是希望李俊碩離開公司，但又察覺到自己的回答可能會讓這一切泡湯。江瑞確信羅惠莉正在盤算要說什麼才有助於把李俊碩推到自己人生的半徑之外，所以江瑞沒有拜託她。

「沒關係啊。我不是說了嗎？這只是我個人好奇的事。」

反倒採取有威嚴的態度。

雖然羅惠莉絲毫無意稱讚李俊碩，可是絕不會拒絕他的請求。既然答應要幫忙，乾脆就順著他的意也替自己爭取想要的結果。江瑞正打算告訴羅惠莉能夠幫助她達到目的的人正是自己。

「妳是？」

羅惠莉一臉不悅地瞪著江瑞。

「您在峇里巴板有見過 Anne 嗎？」

江瑞又問了一次。

「我不需要回答吧？」

羅惠莉一把抓起包包慌忙地逃出咖啡廳。

牙齦陣陣抽痛，下巴關節刺刺麻麻。江瑞來到廁所漱了口，盯著洗手槽鏡子裡的自己。江瑞心想，早知道應該告訴她我是 Anne 的妹妹，請她把知道的都如實交代才對，是自己錯估情勢了。因為錯失大好機會而傷心，使得疼痛感更加劇烈。

就在這時候。

「我整個嚇死了啊。那個女人怎麼會知道 Anne 啊？Anne ？我沒說過嗎？之前有個拿著驗孕棒在李俊碩面前晃來晃去的瘋女人啊。齁！煩死人了！真的不想再跟那個垃圾扯上關係。」

廁所最裡面的隔間門被打開，羅惠莉走了出來。

「就說那個神經病跟 Anne 交往還一直纏著我不放。」

高跟鞋發出喀噠喀噠的聲響，朝洗手槽走來的羅惠莉發現了江瑞，嚇到手機從手中滑落。江瑞彎腰撿起她的手機，然後把自己手機裡英瑞的照片秀給她看。

「妳認識 Anne 吧？」

拔牙很快就結束了，沒有想像中那麼痛，就像羅惠莉看到英瑞照片後說認識她時一樣麻木。疼痛感過了好一陣子才襲來，痛到快把人逼瘋了。羅惠莉說李俊碩一得知 Anne 懷孕便以念ＭＢＡ為藉口逃到新加坡，江瑞越是咀嚼她說的話心越痛。羅惠莉說自己以為 Anne 在知道被李俊碩拋棄後也會跟著放棄肚子裡的小孩，江瑞聽到這番話疼痛感又一層一層堆疊上去。

「不過妳跟 Anne 是什麼關係？她說自己沒有兄弟姊妹或是朋友欸。」

腦海裡浮現羅惠莉說的話，江瑞流下眼淚。

這件事的確不是不可能，但萬萬不能如此。最擔憂的事終究還是成真了。瑛禹生物學上的親生爸爸就是李俊碩。還是好奇對方是誰的過去六年要好一些，那時候還能想像姊姊遇到的是個好男人。還可以探索各種可能性、編寫劇本，猜想瑛禹爸爸是個真的很不錯的人。江瑞想倒帶回到十天前，還沒看到李俊碩檔案上寫著峇里巴板，尚未推薦職位給李俊碩的時候。

江瑞連一口水也吞不下去，因高燒痛苦呻吟快一個禮拜了。載英說智齒要人命，辛勤地替江瑞補給止痛藥、消炎藥、退燒藥。雲夢則端來熱粥又把冷掉的粥端回去，反反覆覆。

✦
✦
✦

當正心說決定要和金老師結婚的時候，江瑞是高興的。即便期待英瑞能從峇里巴板回來一同祝賀媽媽的再婚，卻不敢貿然通知。姊姊也會和我一樣高興嗎？姊姊會墜入比我的喜悅還要深沉的悲傷裡嗎？江瑞自問自答，就這樣任時間流逝。一直到把正心的喜帖夾帶在電子郵件裡寄出的最後一刻，內心都仍在糾結。

結果出乎意料，一向都是江瑞打電話過去，英瑞只負責接聽的，這回角色對調了。英瑞用江瑞這輩子從沒聽過的聲音說道。

這是真的嗎？妳不是在開玩笑吧？媽很有本事嘛！金老師是個怎麼樣的人？長得帥嗎？人好嗎？媽一定很幸福！

英瑞用開朗的語調不停追問。

「姊，妳會來參加媽的婚禮吧？」

「我也想去，真的很想去，但是……」

她說來不了，就為了說來不了才用跟平常完全不一樣的高八度音調講話的嗎？江瑞像顆洩了氣的皮球。

結果距離正心的婚禮只剩一個禮拜的時候，英瑞打來說自己抵達仁川機場了。是驚喜嗎？果然不像英瑞的作風，不過江瑞還是開開心心地衝去機場。眼前的英瑞已經接近臨盆了。

「以七個月來說小孩好像偏大隻，應該是很健康吧。」

英瑞笑得很燦爛。

江瑞不曉得該笑還是該哭。

英瑞先發制人，拜託江瑞不要追問任何跟孩子的爸爸有關的事，也要暫時對媽保密，說是不能給新婚的媽帶來衝擊，這樣也會對剛成為繼父的金老師不好意思。一個生命的誕生變成衝擊或要感到不好意思的事，讓江瑞覺得難過。雖然最氣讓事情變成這副德性的英瑞，但姊姊畢竟是孕婦，暫且不問為什麼也不追究為什麼一定要這樣，就依她說的去做吧。

英瑞說自己已經找好了住處，地點是先前在清州的美術補習班工作時的租屋處樓上，大樓結合了居家與辦公空間。

「妳也知道綠門之家是傷心之地。」

江瑞載著英瑞駛向清州。

「媽的婚房怎麼樣？妳去過了嗎？」

「就是大樓啊。」

「等我小孩生下來也要帶過去玩，金老師會疼我的小孩吧？哎呦，真是的，我在說什麼呢！應該先擔心媽會不會暈倒吧？哈哈。」

英瑞一下笑一下皺眉，心亂如麻，隨即又笑了出來。時而望著車窗流淚，時而撫摸隆起的肚子，同時嘟噥著江瑞聽不清楚的話語。說自己情緒起伏很大又哭又笑的，懷孕好像都是這樣，對替自己擔心的江瑞說道。

「只是賀爾蒙在開玩笑而已啦。」

英瑞不以為意，說完又笑了。

英瑞租的房子在十四樓，碧藍無瑕的天空透過大片的落地窗流瀉進來。她稱讚視野很好，笑得像陽光一樣燦爛。

「我決定叫她瑛禹。」

「瑛禹？為什麼？」

江瑞陷入沉思，想著或許名字裡藏有跟孩子的爸有關的線索。

「沒有為什麼。」

「在肚子裡感覺超大的，結果生下來小小一隻。可愛的小傢伙。」

經過三十五週又四天後誕生的瑛禹體重是 2.9 公斤。江瑞感到既神奇又抱歉，抱歉把這寶貝當成一個麻煩。以後阿姨會對妳很好的，江瑞在她耳邊低語。

離開月子中心的那天，江瑞把英瑞送回位在十四樓的家，向月嫂拜託這個拜託那個，然後交換了聯絡方式，還跟英瑞約好會經常來看她，但是沒能做到。那個時候江瑞剛從初級顧問晉升資深顧問，有許多需要操心的事，經濟狀況也很複雜。她曾經考慮要賣掉綠門之家，籌備和姊姊、姪女一起住的小房子，這樣一來雖然可以減輕償還房貸的負擔，可是養一個小孩所費不貲。還能怎麼辦？又不好向新婚的媽媽伸手要錢，除了勤奮工作賺錢也別無他法了。

江瑞一邊想著躺在新生兒室透明搖籃裡，臉蛋像馬鈴薯般胖嘟嘟的孩子，一邊更努力工作。

瑛禹還好吧？母乳喝得慣嗎？我這禮拜會回去。姊，對不起，下禮拜一定回去。每次通話都重複一樣的內容，英瑞維持一貫開朗的語調，告訴江瑞瑛禹一天睡了幾個小時又上了幾次大號，笑著說要讓她打嗝卻「噗噗」地放屁。

一個月後聽聞英瑞從十四樓縱身跳下的消息。

+++

「怎麼了？」

雲夢嚇了一跳問道。江瑞癱坐在床邊哭泣。

「拔一顆智齒怎麼可以這麼痛？都已經拔掉三個禮拜了還在痛，像話嗎？」

雲夢試圖要抱著江瑞讓她站起來，江瑞卻倒進雲夢的懷裡。

「妳還好嗎？我們去大醫院看看吧，快。」

「我……我……沒問她還好嗎。」

江瑞沒頭沒尾地開始嗚咽。

嗯？沒做什麼？雲夢不知所措，完全不曉得問題出在哪？

「怎麼哭得像個孩子一樣呢？被瑛禹看到怎麼辦，看來要打一一九了。」

江瑞搖搖頭，只是一味哭泣。雲夢腦中冒出如果長了智齒也絕對不要拔的愚蠢念頭，一面輕拍江瑞的後背。

這時房間門被打開，載英走了進來，雲夢瞬間不自覺地舉起雙手。

「做虧心事了嗎？滾。」

雲夢彷彿成了持槍刑警面前的罪犯，一步步倒退走出江瑞的房間。

雲夢忽然一肚子火，剛才輕拍江瑞的兩隻手沒有摻雜一絲不乾淨的念頭，是在傳遞共感與撫慰，跟夜鶯一樣純潔！雲夢在內心大喊，一面瞪著江瑞的房門。

「見過傻瓜了嗎？」

從房間裡傳出載英的聲音。

傻瓜？雲夢把耳朵貼在門板上，之後過了好久都沒聽到任何聲響。

「也就是說傻瓜連瑛禹出生了都不知道嘛！連自己有女兒都不曉得，自己一個人吃好過好。妳打算怎麼做？」

瑛禹爸爸？雲夢一顆心開始撲通撲通地跳，但接著又聽不見任何聲音了。

雲夢整個人貼在門上，將五感全集中在聽覺，被調到最大值的聽覺搜集到的內容如下：

載英說要親自去跟李俊碩談判被江瑞阻止了，載英說自己就是為了在這種時候發揮實力才練拳擊的，不讓她上場的話拳頭都要哭了，但再度被江瑞阻止。江瑞一連好幾發「不知道」，然後抽泣著說自己只想好好把瑛禹養大。載英說哭解決不了任何事情，江瑞說自己人生的目標就是好好把瑛禹養大，哭得更傷心了。載英提高音量要她打起精神，早日結婚讓瑛禹有個爸爸。

瘋了嗎？就在雲夢準備要突變為挖土機粉碎房門衝進去時，猛然急踩煞車。多虧了時隔多日再次找上門的傢伙——尿意。

就在雲夢上廁所的時候，另一頭江瑞房間裡仍在交談。

「把它想成是禮物。」

載英說。

「妳還記得第一次抱瑛禹的時候妳說了什麼嗎？妳說她是英瑞留下來的最後一個禮物。」

江瑞點點頭。

「結果其實這才是最後一個禮物。妳不是一直執著於瑛禹爸爸是個怎麼樣的人嗎？一直擔心等瑛禹長大了要怎麼告訴她，所以英瑞才幫妳畫下終點線。」

「終點線？」

「讓妳停止沒意義的瞎想。現在都知道了就可以停下來了，到此為止。」

載英說就算知道瑛禹的爸爸是誰也不會有任何改變，江瑞妳依舊是瑛禹的媽媽，瑛禹是妳的女兒，因此不會有讓妳心痛或把妳惹哭的事情發生，邊說邊緊緊地抱住江瑞。

「欸，江瑞。有時候不是會以不可思議的機率獲得人生的解答嗎？現在就是那樣。」

載英的話飄到剛從廁所出來的雲夢耳中。

找到解答？什麼解答？她們的結論該不會是為了好好把瑛禹養大，江瑞必須和傻瓜再婚吧？不行，要屏棄那種老派又陳腐的思想！不能受狗血連續劇主角媽媽的台詞影響！孩子不是一定要有爸爸才能好好長大！

就在雲夢正要轉動門把的剎那，門從裡面被打開了。

「你一直站在這裡？」

載英眯起眼睛問道。

「哪有，我看冷凍庫有調味小章魚，想問妳們要吃嗎？灑蔥末跟一點芝麻？」

雲夢聳聳肩轉移話題。

「還要配燒酒！」

房間裡傳來江瑞的聲音，聽上去已經沒有哭腔了。

過了一會兒，兩個女人邊感慨邊掃光了炒小章魚。雲夢久違地感受到自身存在的喜悅。喜悅是暫時的，雲夢坐在彷彿什麼事都沒發生過般，嚼著小章魚的兩個女人面前，陷入對漆黑來日的苦惱。被稱作瑛禹爸爸的傻瓜即將掀起的波瀾，也就是即將對雲夢安逸的生活和崇高的愛戀帶來的負面影響，以及不讓惹哭江瑞又即將害瑛禹感到混亂的傢伙接近緣門之家的方法等等，全都糾結在一起。

負面影響再鮮明不過了，對策卻躲在五里霧中。兩個女人解決兩瓶燒酒、回到各自的房間之後，雲夢仍呆坐在原位好一陣子。

✦ ✦ ✦

「一切都結束了」只是嘴上講講而已，江瑞和載英怎麼也平息不了對李俊碩這個人渣的怒火。江瑞以必須補充風評內容為由說服金秀滿先生出來見面，他再三確認沒有人會知道是自己是消息來源之後才開始抖出李俊碩的過去。

李俊碩底下的尹姓組員向金秀滿先生申請轉調部門，說自己兩次遭到李俊碩強制猥褻。李俊碩在公司聚餐的時候摸了她的肩膀和大腿，儘管尹姓組員表示抗拒，他仍沒有停手。

金秀滿先生向聚餐時坐得離尹姓組員最近的韓姓同事確認當時的情況，韓姓同事主張尹姓組員沒有出言阻止，認為應該將李俊碩的行為視作大方表達親和力的一種方式。尹姓組員哽咽這為什麼是交給韓姓同事來判斷？表示自己要辭職。金秀滿鼓勵她既然有禁止職場霸凌法，就一起積極處理看看，然而尹姓組員眼裡寫著怨懟，轉頭便離職了。

李俊碩反倒表現得像個無辜的受害者，受到人們的安慰與同情，安然無恙地繼續上班。

「我一直覺得不安，本來發生這種事就讓人很頭痛嘛。那個女員工離職的時候我反而鬆了一口氣，那個時候的心安讓我現在很後悔。」

金秀滿坦承雖然告訴尹姓組員一起積極處理看看，但實際上自己也不太清楚該怎麼做。

「也很煩啊……畢竟是很難將對錯分得清清楚楚的敏感問題。因為我是上司所以就依照章程去處理，但也僅止於此，是我太不負責任了。」

見完金秀滿先生的江瑞在推薦人報告書添上一行在前公司有私生活爭議的內容，但沒能發揮任何作用。江瑞不想成為幫助李俊碩得到期望待遇和職位的引路人，可是OA集團的人力開發室寄來錄取通知，李俊碩成功轉職。負責人表示自己決定只看李俊碩的工作能力，個人私生活對錄用與否並不是很重要。縱使江瑞建議他們再透過其他管道瞭解他的為人，慎重決定不是比較好嗎，仍改變不了他們只要不是有前科都不成問題的立場。

聽完江瑞所言的載英說現在開始由她接棒，在拳擊俱樂部苦練的拳頭有了明確的目標非常興奮。隔天載英買了個奇異的面具回來。

「我要戴著這個在安靜的巷子裡神不知鬼不覺地痛打他一頓。」
「妳瘋了嗎？」
「終於笑了，真好。看妳笑真的好開心！」
載英戴著面具對空氣揮拳起舞。
聽到聲音好奇發生什麼事的雲夢被化身蒙面鬥雞的載英嚇了一跳，倒退下樓，結果從樓梯上滾了下來。一拐一拐地走到一樓客廳的雲夢拖著扭到的腳踝，一面思索那兩個女人到底在幹嘛，自己又怎麼會從樓梯上滾下來。
「以不可思議的機率獲得的人生解答是什麼鬼啦！」
雲夢獨自大吼。
「原本有一個死都解不開的數學題，解開也好，解不開也罷。可我們卻又喜歡在那種題目上鑽牛角尖，對吧？明明也不是占很多分的關鍵題，對人生一點狗屁幫助都沒有，只是出題者們吃飽沒事編出來的蠢問題罷了。反正就只是得到這個問題的答案而已，就這樣。」
不知何時走近的載英遞給雲夢韓藥貼布，一面叨念一段不明所以的話。
「所以說那個問題是什麼嘛？」

「你去問江瑞。」

「欸，妳就直接跟我講嘛！」

「也不是不行。」

載英內心糾結了片刻，然後乖乖地坐到沙發上，把江瑞在姊姊英瑞死後成為瑛禹的媽媽的故事全盤托出。雲夢因為李俊碩不是江瑞的前夫鬆了一口氣，又因為李俊碩是瑛禹生物學上的親生爸爸而憤慨，更為英瑞的死感到惋惜，情緒大幅振盪，彷彿還沉浸在剛搭完雲霄飛車後的恍惚裡。

「這個故事的重點是？」

載英提出像是國文課才會聽到的問題。

「江瑞姊是瑛禹的阿姨？」

砰！載英的拳頭揍在雲夢的右臉頰上，準確來說是咀嚼肌群，緊咬臼齒會動到的肌肉，再細分下去就是咬肌的位置。

「呃，靠……」

通常出拳前都會警告對方「牙齒給我咬緊」的，具載英真是有夠沒品！

「啥？你說什麼？委屈啊？你說那什麼屁話有可能不挨打嗎？該不會還奢望獎勵

吧？」

「不然是什麼嘛！」

「江瑞是瑛禹的媽媽，這點永遠不會改變，你敢再給我說一次阿姨試試看，到時候我就給你好看！」

載英摩拳擦掌瞪著雲夢。

啊！後知後覺的雲夢這才壓低姿態，但一歸一二歸二，該問清楚的雲夢還是要問清楚。

「江瑞姊一定要結婚嗎？不對，總有一天會結婚。不對，也有可能不結婚。反正為了讓瑛禹有個爸爸而結婚像話嗎？要遇到相愛的伴侶才可以結婚吧？妳怎麼會有這麼守舊的想法啊？」

雲夢發表熱血演說，把在江瑞的房門外偷聽到載英說的話原封不動地還給她。還提高音量說道，不論是單親媽媽、單親爸爸、祖父、阿姨、姑姑、叔叔、舅舅還是其他沒有血緣關係的人也絕對可以營造近似家庭的型態，用愛去照顧小孩，這就是大人最重要的任務。

雲夢激動了好一陣子才突然覺得不好意思了起來。載英豈不是靜靜地聽自己說，完全沒有打斷嗎？為什麼？是在等待時機出拳嗎？雲夢趕緊從沙發上站起來，不想連左臉頰都讓出來給她打。

「說的也是。我希望江瑞可以結婚，因為她很孤單。可是叫她找自己的另一半的話，她肯定一輩子都不會採取行動，反倒是叫她幫瑛禹找個爸爸，就會睜大眼睛認真找。」

載英望著雲夢補了一句。

「找個瞭解瑛禹又喜歡瑛禹，瑛禹也喜歡的男人。成熟的大人。」

她離開前臉上掛了一個雲夢無法解讀的奇異微笑。

啊，雙頰都熱了起來，好像被燒紅了一樣。應該是因為挨了打吧，那一拳火辣辣的嘛。可是右臉頰還情有可原，左臉頰是怎麼回事？還以為沒人會發現，結果具載英一直都知情嗎？是什麼時候穿幫的呢？雲夢的心在發麻。很快地雲夢的每根骨頭每一處都在發麻，大腦直接罷工，完全無法思考。

第九章

謝幕

幸好您看上去很不幸。

讀著夾帶在花束裡的卡片，李俊碩的眼裡冒出火光。疑問從「是誰送的？」轉化為「我很不幸嗎？」，隨之而來的內心折磨無以言喻。因為自己好像真的很不幸，而這對某個人來說竟然是件慶幸的事，令他忍無可忍。

李俊碩開開心心地和同事們吃完午餐，回到辦公室時桌上擺著一束滿天星，花束的體積大到可以完全遮住李俊碩的上半身。人們看到出奇龐大的花束各個驚呼：「今天生日嗎？」、「被求婚嗎？」、「家裡有喜事嗎？」問題一個接一個。

「今天不是什麼特別的日子啊，是送錯了嗎？」

李俊碩歪著頭查看插在花束裡的信封註明的收件人，上頭貼著印有「李俊碩先生大啟」的貼紙。卡片上的文句也都不是手寫字，而是電腦打字，字體套用了晶潤基本體，印出來再剪下貼上的。

「寫什麼啊？」、「是誰啊？」、「我愛你？」、「我們結婚吧？」好奇心十足的人們又倒出一妻子的問句，李俊碩不停重複「呃，不是，嗯……」，同時壓抑內心蠢蠢欲動的不安。

就在人們對花束的關注逐漸淡去，午後睡意襲來、昏昏欲睡時分，李俊碩悄悄來到一樓大廳向大樓警衛打聽花束外送員的消息。警衛告訴他是一位身穿黑色飛行外套、頭戴黑色安全帽的男子，因為被花擋住了看不清長相，也沒說什麼話，只是用戴著棉手套的手遞上李俊碩的名片，警衛便指引他上四樓辦公室。

李俊碩又找去位於地下的管理室，告訴職員收到送錯的包裹，想調閱監視器。從職員調出的大樓出入口與辦公室前的監視器畫面捕捉到花束外送員的身影。只見如同警衛的描述，外送員是從頭黑到腳的黑衣人，用戴著白色棉手套的手抱著白色花束。

「這麼大的花束是從哪裡抱過來的啊？」

管理室的職員驚呼。

「大樓前面又不缺停車的地方，竟然從那麼遠的地方抱著這麼大的東西走過來。」

李俊碩感覺不太對勁，一時不知所措。原本猜測外送員會把機車或汽車停在大樓門口，這樣就可以得知是什麼花店，再往回追溯到底是誰訂的花。

「花裡面有什麼奇怪的東西嗎？」

儘管李俊碩沒有回應，管理室職員仍從他的表情裡猜出了個大概，接著說道：

「報警的話就可以把這附近的監視器畫面都調出來。」

「不用了，東西也不是我的，丟掉就好。」

李俊碩費力擠出不以為意的表情，步出管理室。

「你是誰！竟敢斷定一點也沒有不幸的我很不幸！」

李俊碩坐在下班後空無一人的辦公室裡瞪著滿天星，陷入沉思。

在某處注視著自己的傢伙。李俊碩試圖釐清有哪些人嫉妒自己，但實在是太多了。換來這間公司也不過才一個月，但知曉他換公司的人很多，沒辦法準確鎖定一個人，他現在才為自己在社群媒體上誇張炫耀的行徑感到遲來的後悔。就像潮汐，好幾名嫌犯同漲潮般湧進，填補了後悔的潮水退去後露出的灘地。

與李俊碩的生涯長久以來糾纏在一起，或是短暫交錯的人們一下子全都成了嫌犯，又很快地從嫌犯名單中被移除。實在摸不著頭緒，李俊碩再度瞄向滿天星，再怎麼看滿天星還是滿天星。李俊碩只是朝著雲霧更深處徘徊罷了。

不顧震動的手機和爆炸的訊息，禮拜五的夜晚，已經超過江南夜店激情派對的開始時間，但李俊碩就像被戴上電子腳鐐的罪犯一樣蜷縮在辦公室內，走不出去，獨自痛苦呻吟。

+++

雲夢很苦惱，想要嚴懲李俊碩卻沒什麼法子。想痛快地毆打他一頓嘛，雲夢的拳頭太柔弱了，以李俊碩貼滿社群媒體的肌肉照來看，雲夢應該會被扁得更慘。想攻擊完立刻開溜嘛，雲夢跑得太慢肯定立刻被逮到，也沒錢和解。因為不能留下前科，所以還是屏棄暴力比較妥當。這樣一來能做的還有什麼呢！最後被雲夢找到能夠溫和又殘忍地嚴懲他的法子。

草草寫下「幸好您看上去很不幸」的句子，雲夢這才感覺彷彿扣上偉大又隱密的嚴懲計畫的第一個鈕扣，興奮了起來。就算現在沒有不幸，也詛咒您很快就會變得不幸，而我會好好注視著您走向悲劇，短短一句話豈不是承載了豐富的警告意涵嗎？甚至彬彬有禮，不需要威脅，還加上「幸好」咧。

話說回來，這個完美的訊息該如何傳遞到他的手上呢？想將計畫兌現卻遇上阻礙的雲夢坐在便利商店外的遮陽傘座位區，一邊啜飲香蕉牛奶一邊苦思。望著一台接著一台穿梭在巷弄裡的機車，雲夢再次感謝大韓民國是外送的天堂。

雲夢決定送花給李俊碩。雲夢內心其實是想買個大麥芽糖（註26）裝在超級巨大的箱子裡送過去，但李俊碩見到麥芽糖可能會失心瘋而忽略了雲夢想要傳達的訊息，所以雲夢砸重本買了滿天星，然後跳上靠在綠門之家圍牆上的機車——住進精神病院的禹燦熙拜託他放到二手市場上賣，但還沒有人買走的那台。

把機車停在距離李俊碩的公司兩個街區遠的地方，然後提著花束前進，這時候雲夢的臉上可是百感交集。最先湧上的是沒人賦予他的責任感，他想守護江瑞和瑛禹。如果要問原因，大概可以回答是身為綠門之家同居人的義務。說來雖然好笑，但雲夢做著沒人交代他做的事，因負起責任和履行義務感到一陣心安，更進一步產生歸屬感。雖然沒這回事，但彷彿名為江瑞和瑛禹的圍籬將自己包圍、替自己打氣，因而默默感到欣慰。得知瑛禹在生物學上的親生爸爸不只在江瑞身上引發後遺症，對未來的瑛禹也有可能造成某種影響，而這不該由瑛禹來承擔。所以雲夢覺得自己可以替沒辦法憤怒、嚴懲、承認、認可而感到無力的江瑞做點什麼，即便以結果來看是件有做沒做都沒差的事，但把意義聚焦在果斷付諸行動上就讓他內心澎湃。

並且悸動。該說是上舞台之前在後台準備的緊張和悸動嗎？要做的只有把花束放下然後走出來而已，是連一句台詞也沒有、一登場又立刻消失的配角，但即將掀起的波瀾不容小覷。縱使無從得知李俊碩會如同預期，惴惴不安地追溯過往人生並反省自己犯下的無數過錯呢，還是撕掉卡片、吐口水，但肯定是會因此產生一條小小的裂痕。就算沒有也罷，李俊碩的改變是他個人的造化。

真正重要的是自身的變化與成長，而雲夢正在感受。等這部話劇結束，雲夢有預感能夠無止境地謝幕。雲夢會為自己獻上歡呼與掌聲，不停地將自己召回人生的舞台，不管那是什麼樣的舞台都有信心面對。

✚
✚
✚

一早開始雲夢就為了包蝸牛飯捲而暈頭轉向，昨晚瑛禹指定今天要帶蝸牛飯捲去水族館校外教學。雲夢心裡納悶這個聽都沒聽過、看也沒看過的飯捲是什麼，瑛禹告訴面露難色的雲夢，朋友的媽媽們都會做小熊飯捲、小小兵飯捲、尼莫飯捲等等。這年頭的

註26：在韓文中請人家吃麥芽糖有罵人的涵義。

媽媽們到底有什麼不會做的？看著表情變得更加為難的雲夢，瑛禹嘟起嘴巴，貌似一不如她的意就要召喚正心。

「好啦好啦！叔叔會努力做做看！」

雲夢誇下海口後開始在網路上大搜特搜，幸好難度不是很高。

可這下是怎麼回事？雲夢竟然睡過頭了！

雲夢以驚人的速度在飯裡加入香油，用鹽調味，鋪上海苔，擺上火腿條和起司條，最後再鋪上一層飯，全部捲在一起。蝸牛飯捲的靈魂就在於蝸牛那雙小巧圓潤的眼睛，晚一步進到廚房的江瑞也想幫點忙，雲夢便把用吸管插在起司片上做出圓圓眼白的簡單工作交給了她。然後雲夢負責把海苔剪得比眼白還要小，當作眼珠子。不曉得這有什麼困難的，江瑞做的東西沒有一個堪用。

「妳還是去上班吧！」

「不要啦，交給我。」

結果根本是硬把白色起司塞進雲夢費心喬好形狀的蝸牛身體上。

雲夢說不插手就是在幫他的忙了，一邊從背後把江瑞推出去，江瑞努力撐著不被推走。嚼著鍋巴一面從頂樓走下來的載英見兩人吵吵鬧鬧，連一顆蝸牛眼睛都做不好，

「噗哧」一聲笑了出來，抓起雲夢切好的飯捲咻地塞進嘴裡。偏偏把捲得最漂亮的飯捲吃掉了！雲夢怒火中燒。

「都給我滾出去！誰都不准進我的廚房！」

宛如地盤被侵犯的野獸在咆哮，雲夢令江瑞和載英多少有些嚇到，趕緊逃離現場。雲夢終於在兩個女人消失後的廚房裡找回了平靜，雙手活動自如，輕巧地完成了蝸牛飯捲。

瑛禹大喊「叔叔最棒了！」隨後出門去了水族館，江瑞頭上還捲著髮捲就出門上班了，載英嚼著鍋巴走上頂樓。雲夢一口氣把杯盤狼藉的廚房清理乾淨後，享受了一杯拿鐵的悠閒。不曉得是不是一早奔波忙碌的關係，短暫的餘裕感覺更加難能可貴。

上午九點，到了傳早安訊息給張金頤女士的時間。雲夢每天都在實踐立志成為親愛的兒子的目標，起初會打電話請安，張金頤女士不接，所以改為傳訊息的方式。「媽，在幹嘛？」、「過得好嗎？」、「有好好吃飯嗎？」重複諸如此類的問候。「每天都傳一樣沒營養的話還不如不要傳，看都看膩了。」十天後終於收到她的絕情答覆。

雲夢可說是一百萬分認同，傳訊息的他也已經倦怠了，但是不論如何絞盡腦汁，三十歲的兒子透過手機能和母親聊的話題就是這麼有限，還能怎麼辦呢？沒有回覆也罷，雲夢還是照樣每天問候。某天早晨電話打來了，張金頤女士沒好氣地說自己正在開車，不要一直傳訊息干擾她。張金頤女士可是三十年來沒握過一次方向盤──虛有其名的資深駕駛。

「媽妳在開車？為什麼？車又是什麼時候買的？一早要去哪？」雲夢一口氣丟出一堆問題，張金頤女士用更生硬的語氣回應。

「沒有一件事順心的。小孩生下來捧在掌心有什麼用？他們都照自己想的去做啊。能照著我的意思向右轉就向右轉、向左轉就向左轉的只有這個方向盤了！」

每天把方向盤往這邊轉、往那邊轉，張金頤女士一面從前人說的話裡尋找因為小孩衍生出的喜怒哀樂的總和當作慰藉。都是懷裡的孩子。最困難的莫過於耕耘孩子。天下沒有贏得過孩子的父母。生的只是孩子的外表，孩子的內心由不得父母，所以沒有子嗣才是真正的好命。反覆咀嚼這些亙古不變的真理。

遭到雲夢背叛的感覺並沒有隨著咀嚼這些話而淡去，但是過往歲月感受到的委屈有稍微平復了一些。理由是什麼？因為不是只有我這樣。孩子不如自己的意是一般人的共同經驗，所以也無需感到不平衡、緊抓著眷戀不放。心死已然站穩了腳步。

張金頤女士開始開車豐富了雲夢問候訊息的內容，可以問她今天開得怎麼樣？駕駛的過程有沒有犯什麼錯？有沒有開車需要的東西？雖然她還沒有回答，但雲夢替藉由轉方向盤讓憤怒昇華的母親買了有花朵圖案的手套、防曬袖套、提神口香糖，還有寫著「今天也要安全駕駛！」的車用貼紙寄去江陵。

無比期待透過這樣一點一點地滲透，很快便會迎來張金頤女士的冷鋒面潰守的那天。

想要更徹底享受上午陽光的雲夢上了頂樓。載英正在提前為過冬做準備，將花盆們移進頂樓房。

「多虧你們，我的房間一年四季都像春天一樣！」

載英拍了拍手上的土，最近這個月看到載英微笑的次數比雲夢過去三十年來看過的次數還要多出許多，臉上無時無刻、不分地點、沒來由地掛著笑容，所以瑛禹叫她微笑阿姨，後來甚至改叫她微笑天使。

雲夢思索著是什麼讓載英微笑呢？不管怎麼想，離開公司的貢獻應該最大。把原先以為無藥可醫、一輩子都不可能和微笑天使有瓜葛的頂樓房反派角色升等成微笑天使的，就是離職與隨之而生的感恩的心。

仔細一想，載英最近很常把「多虧」掛在嘴邊。為了在生活裡實踐感謝，將「因為」換成「多虧」，她說自己透過改變小小的語言習慣，便好似重獲新生，擺出得到救贖的表情。

雲夢想起了禹燦熙。拜禹燦熙所賜才有今日的雲夢，禹燦熙捲款逃走是讓雲夢登上想都沒想過的人生舞台的起始點。

即將迎來搬進綠門之家後的第四個季節。這段日子雲夢徹底發揮埋藏在體內的主夫潛能，嚐到了生活的喜悅；認識了螢火蟲媽媽們、順子和順子爸爸，結下能長久維持的珍貴緣分；雖然書賣不出去，但還是成了出過書的作家；透過席藁待罪自我坦誠，脫去沉重的外套；並且能夠和世界上最惹人愛的瑛禹和江瑞住在同一個屋簷下朝夕相處。

因此一切還得多虧禹燦熙。或許脫胎換骨的不是綠門之家而是雲夢，想到這裡，感謝之情油然而生。多虧禹燦熙才擁有青年主夫的名片，多虧禹燦熙才能體驗主夫的日常，領悟到它的崇高價值。雲夢徹底換上主夫的眼、主夫的手、主夫的心，未來當他面對無數個選擇時，它們將為他提供指引，所以是多麼值得感謝的事呀！啊！要趕緊賣掉禹燦熙的機車，買巧克力派去探訪他才行。

哥，謝啦。

雲夢向天空低聲呢喃。

從頂樓下來的雲夢做好要去圖書館的準備，走出房間。為了穿襪子暫時坐在沙發上，屁股卻不小心按到電視遙控器，打開了電視購物頻道。節目上正在販售牛骨湯，唯一嚴選新鮮的韓國產牛腿骨和牛骨在大鍋裡燉煮十二個小時後急速冷卻，一個組合裡有牛骨湯搭配排骨湯，主持人提高嗓門說道。雲夢越來越苦惱要不要買，這時電視畫面下端流出的字幕寫著要招募購物台新手製作人。

雲夢回到房間打開筆電，開始撰寫履歷。要說經歷也沒什麼拿得出手的，所以寫得很快，幸好還有出版經歷能多添一行。自我介紹則以散文代替，歌頌過去引頸期盼購物回饋金與一加一促銷活動的消息，最後總算以最低價格購入想要的商品的喜悅。由於就業非易事，認為絕不可能收到錄取通知，因此就好像沒這回事一樣，以隨便投投的心態輕鬆寫寫。

前往圖書館的路上接到張前輩的電話，他說想吃曦東家的炸雞，當上認證估價師的曦東變得忙碌很難見上一面，所以吵著要雲夢陪自己玩。

「不確定欸，我很忙。」

「你有什麼好忙的？」

有，因為今天是去圖書館做志工把書上架的日子，得將新購圖書或歸還的資料、書籍依照既定的分類歸位到書架上。雲夢在家附近的圖書館拿規定的薪水工作四個小時。

「要我去你家嗎？」

「可以嗎？」

雲夢把綠門之家的地址傳給張前輩後，搭上前往圖書館的社區巴士。張前輩先抵達的話，具載英應該會幫他開門吧？雖然兩個人沒見過面，但都知道對方是誰，應該會隨便聊個兩句吧？具載英大概會上頂樓吧？搞不好張前輩等我等到太無聊就跑到頂樓去，然後具載英不自覺擺出一貫的微笑的話……想像的翅膀已經展開到這個幅度的雲夢在社區巴士上獨自抿嘴笑了笑。

回到家的雲夢正準備在玄關門電子鎖上按指紋的時候，聽見裡頭傳出大合唱。

「我們是！嘟——嚕嚕——嘟嚕！大海的！嘟——嚕嚕——嘟嚕！獵人們！嘟——嚕嚕——嘟嚕！」

嗯？雲夢打開門。

白天就喝到滿面春風的具載英和張前輩，久違地媒合成功、提早下班，打算乘興請客的江瑞，還有去水族館校外教學回來仍沉浸在海洋生物魅力之中的瑛禹，一群人聚在一起興高采烈地玩樂。

「唉。」

雲夢口中流出一聲短短的嘆息。

遠看明明是一齣美麗的鯊魚寶寶音樂劇，但靠近就發現是一首音程和節拍都我行我素的詭譎大合唱。甚至客廳徹底亂成一團，腳都沒有地方可以踩了。

「逃跑呀！嘟——嚕嚕——嘟嚕！逃跑呀！嘟——嚕嚕——嘟嚕！」

他們大展令人驚愕的合音，雲夢真心想要逃跑。

不自覺地向後退一步，瑛禹卻朝他揮揮手。雲夢莞爾一笑，喊著「嘟——嚕嚕——嘟嚕！」輪番流暢地做出自由式和仰式的手部動作，彷彿在大海裡徜徉，加入音樂劇的行列。江瑞用深邃又濃烈的目光望著雲夢，雲夢心想若每天都能像今天一樣那該有多好。那天晚上，綠門之家因為幸福的鯊魚寶寶家族的歌聲熱鬧不已。

掛在夜空中的月亮清亮又明朗。

（全文完）

國家圖書館出版品預行編目資料

青年主夫具雲夢 / 姜宣羽作 . -- 初版 . -- 臺北市 : 臺灣角川股份有限公司 , 2024.06
面 ;　公分

ISBN 978-626-400-098-7(平裝)

862.57　113005086

青年主夫具雲夢

原著名　청년 주부 구운몽

作者　姜宣羽（강선우）
譯者　施孝臻

2024年6月19日 初版第1刷發行

發行人　台灣角川股份有限公司
總監　呂慧君
編輯　喬齊安
設計主編　許景舜
印務　李明修（主任）、張加恩（主任）、張凱棋

台灣角川

發行所　台灣角川股份有限公司
地址　104台北市中山區松江路223號3樓
電話　(02) 2515-3000
傳真　(02) 2515-0033
網址　http://www.kadokawa.com.tw
劃撥帳戶　台灣角川股份有限公司
劃撥帳號　19487412
法律顧問　有澤法律事務所
製版　尚騰印刷事業有限公司
ISBN　978-626-400-098-7